Chad P. Brown

PUMPKIN HOUSE

DAS HAUS DER 1000 KÜRBISSE

Chad P. Brown

PUMPKIN HOUSE

DAS HAUS DER 1000 KÜRBISSE

Aus dem Englischen von Almuth Braun

Bibliografische Information der Deutschen Nationalbibliothek
Die Deutsche Nationalbibliothek verzeichnet diese Publikation in der Deutschen Nationalbibliografie. Detaillierte bibliografische Daten sind im Internet über http://dnb.d-nb.de abrufbar.

Originalausgabe
2. Auflage 2024

Redaktion: Rainer Weber
Umschlaggestaltung: Julia Jund
Umschlagabbildung: © Abigail Larson
Druck: CPI books GmbH, Leck
Printed in Germany

ISBN Print 978-3-9496360-0-4
ISBN E-Book (PDF) 978-3-9496360-1-1
ISBN E-Book (EPUB, Mobi) 978-39496360-2-8

Folgen Sie uns auf Instagram: @screamtime_publishing

INHALT

Am meisten fürchten wir uns vor dem,
was in unserem Innersten schlummert.
Und das größte Entsetzen empfinden wir,
wenn wir erkennen,
dass dieses Ungeheuer entfesselt wurde.

TEIL EINS:

25. OKTOBER, NOCH SECHS TAGE BIS HALLOWEEN

Als Ronnie Lancaster hörte, wie die Fliegengittertür zuschnappte, kehrten seine Gedanken abrupt in die Gegenwart zurück und verschafften ihm eine kurze Ablenkung von der Grübelei über seine familiären Probleme zu Hause.

In der vergangenen Viertelstunde hatte er mit den anderen Kindern im Vorgarten von Mr. Keenans verwittertem alten Farmhaus gestanden (*das dringend einen Anstrich gebrauchen konnte,* dachte Ronnie). Die Kinder hatten mit der für ihr Alter üblichen Ungeduld darauf gewartet, dass Mr. Keenan aus der Tür treten und ihnen ihre diesjährigen Pflichten im »Kürbishaus« erklären würde.

Jedes Jahr zu Halloween dekorierte Charles Keenan die ganze Fläche seines Vorgartens mit Hunderten von ausgehöhlten und sorgfältig geschnitzten Jack-o'-lanterns – Kürbislaternen mit eingeschnitzten, furchterregenden Fratzen –, die sein Haus in einem Umkreis von mindestens fünfzig Meilen zur größten Attraktion der Gegend machten. Diese Halloween-Tradition, die in der ländlichen Kleinstadt Smith's Grove fast so liebevoll gepflegt wurde wie der Kinderbrauch, sich als Hexen und Gespenster zu verkleiden und in Gruppen von Haus zu Haus zu ziehen und »Trick or Treat« anzudrohen, »Süßes oder Saures«, lockte Besucher aus der gesamten Tri-State-Region West Virginia, Ohio und Kentucky an, die neugierig herbeiströmten, um das »Pumpkin House« zu sehen – das »Kürbishaus« –, wie es irgendwann im Laufe der Jahre genannt wurde.

Jedes Jahr lud Mr. Keenan Freiwillige ein, die ihm beim Aushöhlen und Schnitzen der ausgestellten Kürbisse zur Hand gingen. Da die Vorbereitungszeit in die Herbstferien fiel, fehlte es Mr. Keenan nie an eifrigen Helfern. Aber nicht nur die Kinder drängten sich darum, ihm helfen zu dürfen, auch die Erwachsenen, denen Halloween und das Pumpkin House lieb und teuer waren, unterstützten ihn nach Kräften.

Ronnie war immer schon von Halloween begeistert gewesen. Seit er sich erinnern konnte, wartete er jedes Jahr im Oktober auf den großen Tag und überlegte in gespannter Vorfreude auf die Trick-or-Treat-Tradition, wie er sich verkleiden würde. Seit einigen Jahren hatte er jedoch das Gefühl, er sei für dieses kindliche Vergnügen allmählich zu alt, und seit er nicht mehr an dem Kostümwettbewerb teilnahm, bei dem die gruseligste Verkleidung mit Süßigkeiten belohnt wurde, hatte Halloween für ihn an Attraktion verloren.

Dieses Jahr aber war auch Ronnie als freiwilliger Helfer ins Pumpkin House gekommen, und das aus dem einzigen Grund, dass er auf diese Weise Rick, dem Freund seiner Mutter, aus dem Weg gehen konnte.

Als Mr. Keenan auf die Veranda seines Hauses humpelte, fiel Ronnie auf, dass sich der alte Mann auf einen Stock stützte, um das leichte Nachziehen seines linken

Beins auszugleichen. Der Stock sah allerdings nicht aus wie eine medizinische Gehhilfe, sondern eher wie ein Wanderstock, nur dass er nicht ganz so hoch war. So wie er beschaffen war, stellte sich Ronnie vor, dass Mr. Keenan von einem alten Baum einen dicken, knorrigen Ast abgeschlagen hatte, um ihn als improvisierte Gehhilfe zu benutzen. Der grobe Stock hatte keinen Handgriff, und Ronnie fragte sich, ob das Aufstützen auf seinen unbearbeiteten Knauf Mr. Keenan womöglich mehr Schmerzen bereitete als seine Gehbehinderung.

Gemächlich schlurfte Mr. Keenan über seine Veranda. Dicht auf seine Fersen folgte ein Labrador Retriever. Das helle Fell des Hundes, der sich mühsam auf wackeligen Pfoten fortbewegte, war vom Alter vergilbt und fleckig. Am Geländer der Veranda hielt Mr. Keenan inne und machte eine kurze Kopfbewegung zur Seite. Gehorsam ließ sich der alte Hund vor zwei Schaukelstühlen auf den Boden fallen, zufrieden, dass er sich ausstrecken konnte, während sein Herrchen sich um die Besucher kümmerte. Dann wandte sich Mr. Keenan mit prüfendem Blick den Kindern zu, die sich vor seiner Veranda versammelt hatten.

Ronnie schätzte, dass es mindestens vierzig Kinder waren, im Alter zwischen acht und siebzehn Jahren. Einige, die gleich neben ihm standen, sagten ihm nichts, andere kannte er jedoch: Sally Roberts, Mark Owens (seine Mutter arbeitete mit Ronnies Mutter in einem

Secondhandshop an der Route 60), Beth Michaels, Krissy Neil und Scott Sanders und sein kleiner Bruder Tony.

Mr. Keenan räusperte sich und bat die Kinder um Aufmerksamkeit. Seine tiefe, weit tragende Stimme erinnerte Ronnie an Baumbart, den »Ent« aus *Der Herr der Ringe*.

»Bevor wir beginnen, möchte ich ein paar Dinge sagen. Erstens möchte ich euch allen dafür danken, dass ihr gekommen seid und mir dieses Jahr helfen wollt. Ich hoffe, ihr seid genauso aufgeregt wie ich. Wir werden diese Woche viel Spaß haben, aber es ist auch viel harte Arbeit. Wenn also irgendeiner von euch nicht bereit ist, mit 125-prozentigem Einsatz zu arbeiten, dann sagt es frei heraus. Für irgendwelche Albernheiten haben wir keine Zeit.«

Mr. Keenan machte eine Pause. Sein prüfender Blick wanderte durch die Menge und verharrte einen Moment bei jedem einzelnen Kind. Ronnie erwartete, dass eines der jüngeren Kinder anfangen würde zu kichern, aber alle blieben stummen – wild entschlossen, Mr. Keenan nichts weniger als die 125 Prozent Einsatz zu geben, die er von ihnen verlangte.

»Gut«, fuhr Mr. Keenan mit einem zufriedenen Lächeln fort. »Bevor ich jedem Einzelnen von euch seine Pflichten erkläre, möchte ich euch eine Frage stellen. Wer kann mir sagen, wie viele Seelen in Smith's Grove leben?«

So merkwürdig diese Frage auch erschien, fand Ronnie es noch merkwürdiger, dass Mr. Keenan die Einwohner von Smith's Grove als »Seelen« bezeichnete. Man hätte fast meinen können, er sei in jüngeren Jahren ein bibelschwingender Provinzprediger gewesen.

Gerade als Ronnie glaubte, keines der Kinder wüsste die Antwort, sah er einen kleinen Jungen – nicht älter als acht oder neun – der ganz vorne stand und mit erhobenem Arm herumfuchtelte.

Mr. Keenan deutete auf den Jungen. »Ja, Pete Jordan?«

»Auf dem Schild am Ortseingang, gleich bei unserem Trailer, da steht, glaube ich, dass es ungefähr 700 sind.«

»Wenn es nach *diesem* Schild geht, dann hat Smith's Grove genau 705 Einwohner«, erwiderte Mr. Keenan, wobei er Pete Jordan zuzwinkerte. »Das war vor fünfzehn Jahren. Inzwischen sind wir ein wenig gewachsen. Genau in dieser Minute leben in Smith's Grove exakt 853 Seelen. Das heißt für uns, dass wir dieses Jahr 853 Jack-o'-lanterns schnitzen und in den Vorgarten stellen müssen.«

Als Mr. Keenan die Anzahl der Kürbislaternen laut aussprach, erschien Ronnie die Aufgabe, die vor ihnen lag, geradezu überwältigend, um nicht zu sagen unmöglich. Außerdem war er neugierig, warum die Zahl der Kürbislaternen genau der Zahl der Einwohner – der »Seelen«, wie Mr. Keenan sie nannte – von Smith's Grove entsprechen musste.

»Wahrscheinlich fragt ihr euch jetzt, warum es genau 853 Kürbislaternen sein müssen und warum diese Zahl der Einwohnerzahl entspricht.«

Ronnie beäugte den alten Mann neugierig, als habe er seine Gedanken gelesen. Er war sich jedoch sicher, dass er nicht der Einzige war, der sich diese Frage stellte.

»Nun«, fuhr Mr. Keenan fort, »Ich kann euch versichern, dass es einen wichtigen Grund dafür gibt und es nicht einfach eine merkwürdige Zahl ist, die sich mein müder Kopf jedes Jahr ausdenkt. Wie viele von euch kennen die Geschichte der Jack-o'-lanterns?«

Ein Mädchen, das links von Ronnie stand, hob seine Hand, aber Mr. Keenan winkte ab.

»Das ist unfair, Sarah. Du warst letztes Jahr schon hier. Weiß es jemand, der noch nicht als Helfer hier war?«

Niemand hob die Hand. Ronnie bemühte sich, das Mädchen, das sich gemeldet hatte, besser sehen zu können. Sie kam ihm bekannt vor, aber er konnte ihr Gesicht nicht genau erkennen, sodass er nicht sagen konnte, wo er sie schon einmal gesehen hatte.

Nachdem niemand Mr. Keenans Frage beantworten konnte, begann er, ihnen die Geschichte der Kürbislaternen zu erzählen.

»Ich will euch nun eine kurze Geschichte erzählen. Vor langer Zeit sahen die Menschen in der Halloween-Nacht beziehungsweise der Nacht vor Allerheiligen Lichter am Himmel. Das waren aber keine Ufos oder irgendein Raumschiff aus *Star Wars*. Man glaubte, die Seelen der Verstorbenen würden diese Lichter im Dunkeln herumtragen, auf der Suche nach Lebenden, die sie in ihr Reich entführen könnten – so etwas wie Fackeln also. Der Grund, warum man diese Lichter sehen konnte, die Totenkerzen oder Geisterlichter genannt wurden, war, dass sich der Schleier, der die Welt der Toten von der Welt der Lebenden trennt, zu Halloween öffnete, sodass die Geister der Verstorbenen in unsere Welt eintreten konnten.«

Mr. Keenan machte eine kurze Pause, um sich zu vergewissern, dass ihm alle Kinder aufmerksam zuhörten. Zwar machten einige der jüngeren Kinder eine erschrockene Miene, aber alle (einschließlich Ronnie) waren von Mr. Keenans Geschichte fasziniert und warteten gespannt auf die Fortsetzung.

»Daraufhin stellten die Menschen ihre eigenen Laternen mit schrecklichen Fratzen auf, um die Geister in der Nacht von Halloween von ihren Häusern zu vertreiben. Sie schnitzten die Fratzen in alles, was sie zur Hand hatten – Rüben, Rettichwurzeln oder was auch immer sie auf ihren Feldern anbauten, um ihre Familien zu ernähren. Schließlich wurden hier, in den Vereinigten Staaten, als Halloween mit den umtriebigen Geistern in Verbindung gebracht wurde, die Jack-o'-lanterns oder *Jack mit der Laterne*, wie sie schließlich genannt wurden, aus Kürbissen geschnitzt. Und zum Glück für den alten

Mr. Keenan wachsen auf meinen Feldern zufällig Kürbisse. Andernfalls müsste ich jedes Jahr eine große Stange Geld für die mehr als 800 Kürbisse ausgeben!«

Alle Kinder lachten über seinen Scherz. Ronnie fand den alten Mann sympathisch. Mr. Keenan hatte den gleichen gutmütigen Humor wie sein Großvater.

Sobald das Lachen der Kinder verebbt war, veränderte sich allerdings Mr. Keenans Gesichtsausdruck und die heitere Unbeschwertheit wich einer feierlichen Ernsthaftigkeit, die allen signalisierte, dass er ihnen nun etwas besonders Wichtiges mitzuteilen hatte.

»Der alte Mr. Keenan möchte für jede Seele in Smith's Grove eine Kürbislaterne schnitzen. Für die Erwachsenen habe ich große Kürbisse, für euch Kinder gibt es mittelgroße Kürbisse und für die ganz Kleinen Minikürbisse. Einige halten mich für töricht oder exzentrisch, aber das macht mir nichts aus. Es gibt einen Grund, warum ich das mache, und dieser Grund ist von äußerster Wichtigkeit. Ich möchte sicherstellen, dass *jede Seele* in Smith's Grove an Halloween in Sicherheit ist.

Um jeden Zweifel an seiner Aufrichtigkeit und der Ernsthaftigkeit der Situation auszuräumen, betonte Mr. Keenan diese letzten Worte, indem er mit seinem knorrigen Stock nachdrücklich auf den Boden der Veranda klopfte.

Ronnie fand die Geschichte der Jack-o'-lanterns zwar interessant und unterhaltsam, fragte sich aber zugleich, wie viel davon Mr. Keenan selbst wirklich glaubte, und wie viel einfach eine Show für die Kinder war.

»Wenn niemand eine Frage hat, kann ich jedem von euch seine Aufgaben zeigen.«

Mit diesen Worten entlud sich die gespannte Aufmerksamkeit der Kinder in begeisterte Aufregung. Ronnie war es egal, welche Aufgabe er übernahm, solange er nicht die Kürbisse aushöhlen musste – ein mühseliges Unterfangen, mit dem er allzu vertraut war. Als Kind hatte es seine Mutter stets ihm überlassen, das Kürbisfleisch herauszukratzen, während sie es sich vorbehielt, die Gesichter zu schnitzen.

Mr. Keenan rief alle namentlich auf und teilte ihnen ihre Aufgaben mit. Die Gruppe von ungefähr vierzig Kindern, die auf ihre Einteilung warteten, wurde immer kleiner, und Ronnie stieß einen Seufzer der Erleichterung aus, als Mr. Keenan Sally Roberts, Scott, Tony Sanders und zwei weitere Kids damit beauftragte, die Kürbisse auszuhöhlen. Hätte Mr. Keenan seinen Namen aufgerufen, hätte er sich umgedreht und wäre gegangen, selbst wenn ihm die freiwillige Unterstützung von Mr. Keenan die Gelegenheit bot, Rick, dem Freund seiner Mutter, nicht über den Weg zu laufen.

Je mehr Kinder aufgerufen wurden, desto größer wurde Ronnies Anspannung und das flaue Gefühl in seinem Magen. Schließlich standen nur noch er, Krissy Neil, ein Junge, den er nicht kannte, und Sarah, die im

Jahr zuvor schon dabei gewesen war, erwartungsvoll vor der Veranda.

»Mal sehen«, sagte Mr. Keenan und musterte die vier Kinder. »Krissy Neil und Brandon Nelson. Ihr zwei sorgt dafür, dass die Kürbislaternen frisch bleiben.«

Während Mr. Keenan den beiden Kindern erklärte, wie sie die Laternen davor bewahrten, sich noch vor Halloween in einen Haufen verfaultes, modriges Kürbisfleisch zu verwandeln, betrachtete Ronnie aufmerksam das Mädchen namens Sarah.

Er hatte sich geirrt; er hatte sie noch nie gesehen. Trotzdem kam sie ihm irgendwie bekannt vor. Sie sah um einiges jünger aus, als sie vermutlich war. Ihr langes, dunkles Haar reichte fast bis zur Taille, bekleidet war sie mit einer Jeans und einem Wonder-Woman-T-Shirt. Eigentlich ein ganz normales junges Mädchen; allerdings fand Ronnie ihre Flipflops, auf denen riesige lila Sterne prangten, etwas merkwürdig. Sie schienen eher für heiße Sommertage als für einen kühlen Oktobertag geeignet.

Als hätte sie Ronnies musternden Blick gespürt, wandte sich Sarah zu ihm um und blickte ihn einen Moment aufmerksam an, bevor sie auf Mr. Keenan deutete und etwas sagte. Ronnie war jedoch viel zu sehr von ihrem Äußeren abgelenkt, um auf ihre Worte zu achten.

»Was?«, fragte Ronnie perplex. »Ich habe dich nicht gehört.«

»Sarah hat dich darauf aufmerksam gemacht, dass ich mit dir spreche, Ronnie Lancaster.« Abrupt wandte Ronnie seinen Kopf Mr. Keenan zu und errötete heftig. »Bist du bereit zu erfahren, was eure Aufgabe sein wird?«

Ronnie bejahte und sah aus den Augenwinkeln, wie Sarah über ihn kicherte.

»Gut.« Mr. Keenan stieg bedächtig die kleine Treppe in den Vorgarten hinab. »Denn die Aufgabe, die ich für euch beide habe, die ist die wichtigste hier.«

***

Kaum dass Mr. Keenan sie zur Rückseite seines Hauses geführt hatte, musste er auch schon wieder umkehren, um einem der Kinder, die die Kürbisse aushöhlen sollten, bei einem Problem zu helfen. Mr. Keenan sagte Ronnie und Sarah, er würde gleich wiederkommen, und murmelte vor sich hin, dass der erste Tag doch immer der hektischste sei.

Ronnie und Sarah setzten sich an einen Kartentisch, der im Hinterhof stand. Keiner von beiden sagte ein Wort. Auf dem Tisch vor ihnen stand eine kleine flache Schachtel. Ronnie war versucht, sie zu öffnen und hineinzusehen, aber er wollte seine Mithilfe bei den Halloween-Vorbereitungen nicht riskieren. Sie bot ihm nicht nur eine Ausrede, um Rick eine ganze Woche lang nicht zu sehen, sie bot ihm außerdem die Gelegenheit, Seite an Seite mit diesem Mädchen zu arbeiten, das ihn aus irgendeinem Grund faszinierte.

»So«, sagte Ronnie und unterbrach die Stille, als klar wurde, dass Sarah schweigsam bleiben würde. »Du heißt also Sarah, oder?«

»Ja, Sarah Bowen. Und du bist Ronnie Lancaster.«

»Ich habe dich noch nie gesehen.«

»Nein, wahrscheinlich nicht. Ich habe dich allerdings schon mal gesehen, aber wahrscheinlich hast du nicht auf mich geachtet.«

»Was soll das heißen?«, kicherte Ronnie. Er mochte dieses Mädchen auf Anhieb, war sich aber nicht sicher, wie er sie einschätzen sollte. Sie hatte so eine unverblümte Art, aber er konnte nicht sagen, ob es sich dabei um spielerische Ironie handelte oder ob sie einfach nur sehr direkt war.

»Es heißt nichts weiter, als dass du wahrscheinlich mit anderen Dingen beschäftigt warst, als wir uns begegnet sind. Außerdem warst du in der neunten Klasse, und ich bin in der siebten. Die meisten aus der neunten Klasse achten nicht auf Schüler der unteren Klassen.«

Ronnie gab es nur ungern zu, aber Sarah hatte recht. In der Middle School bildeten sich sofort Cliquen und unsichtbare Mauern, selbst zwischen Kindern, die in der Grundschule noch dick befreundet gewesen waren.

»Kann sein.« Ronnie zuckte mit den Achseln. »Wie sich die Schüler gegenüber anderen Schülern verhalten, kann manchmal ganz schön bescheuert sein.« Er fand es lächerlich, dass die Middle School Jungs, mit denen er zuvor befreundet gewesen war, in arrogante Schnösel verwandelte.

»Ja«, stimmte Sarah zu und lächelte ihn an. »Und was hat dich dazu gebracht, hier mitzuhelfen? Stehst du auf Halloween?«

»Eigentlich nicht – zumindest nicht mehr, seit ich aus dem Süßes-oder-Saures-Klamauk herausgewachsen bin. Ich habe nur eine Ausrede gebraucht, um nächste Woche nicht zu Hause sein zu müssen.« Ronnie wechselte schnell das Thema, weil er befürchtete, das Gespräch könne sonst auf die Probleme zwischen seiner Mutter und Rick abgleiten. »Hast du hier schon mal mitgemacht?«

»Ja, habe ich«, antwortete Sarah, und ihre Augen blitzten kurz auf. »Halloween ist mein Lieblingsfest – es ist einfach cool. Als wir vor ein paar Jahren hierhergezogen sind und ich von diesem Haus erfahren habe, habe ich mich sofort gemeldet. Außerdem ist Mr. Keenan ein richtig netter alter Mann. Er kann sehr lustig sein, findest du nicht?«

»Ja, das ist er.« Ronnie lächelte bei dem Gedanken an die Scherze, die Mr. Keenan gemacht hatte, während er zu den Kindern sprach.

Es trat eine Gesprächspause ein – keine verlegene Stille, die eintritt, wenn zwei Menschen sich nichts zu sagen haben, sondern eher die Art von Stille, wenn alles gesagt ist und beide Gesprächspartner zufrieden und still nebeneinandersitzen und ihre gegenseitige Gesellschaft genießen.

Ronnie erinnerte sich vage daran, dass er das Gleiche empfunden hatte, wenn er mit seinem Vater zusammen war, bevor dieser verschwunden war, und gelegentlich empfand er es auch in der Gesellschaft seiner Mutter. Zumindest, wenn Rick nicht da war.

Ronnie blickte auf und sah, dass Mr. Keenan um die Ecke kam. »Da ist Mr. Keenan.«

»Gott sei Dank. Ich dachte schon, er kommt überhaupt nicht mehr. Ich glaube nicht, dass ich es hier noch länger nur mit dir allein ausgehalten hätte.«

Zunächst war Ronnie leicht verdutzt, aber dann sah er an Sarahs Gesichtsausdruck, dass sie ihn nur veralberte.

Ja, diese Sarah Bowen gefiel ihm definitiv.

Mr. Keenan setzte sich zu ihnen an den Tisch. Ronnie wusste nicht, wie alt er war, aber er schien weit in seinen Achtzigern zu sein. Sein Gesicht und seine Hände waren stark verrunzelt, aber seine stahlgrauen Augen waren immer noch quicklebendig.

Ronnie musterte aufmerksam Mr. Keenans Gehstock. Die ungewöhnliche Form des Stocks erweckte den Anschein, als sei Mr. Keenan einen ganzen Tag im Wald herumgelaufen, habe dann plötzlich angefangen zu humpeln und daraufhin den nächstbesten Ast abgeschnitten und ihn in einen behelfsmäßigen Gehstock verwandelt und das knorrige Stück Holz dann nach seiner Rückkehr einfach weiterbenutzt, anstatt sich einen richtigen Gehstock zu besorgen. Dem verwitterten Aussehen und den vielen Kratzern nach zu urteilen, hatte Mr. Keenan den Stock schon seit mindestens zwanzig Jahren in Gebrauch.

Zumindest war das die Geschichte, die Ronnie sich zusammengereimt hatte.

»Also«, fing Mr. Keenan an, nachdem er sich auf dem Stuhl zurechtgerückt hatte, »nun zu euch beiden. Sarah, du hast diese Aufgabe letztes Jahr schon übernommen, obwohl du damals neu dabei warst, stimmt's?«

Sarah nickte. Ronnie nahm einen freudigen, um nicht zu sagen dankbaren Ausdruck in ihrem Blick wahr.

»Richtig«, setzte Mr. Keenan fort. »Ronnie, ich weiß, es ist dein erster Einsatz. Normalerweise würde ich keinen neuen Helfer mit einer derart wichtigen Aufgabe betrauen, aber ich habe so ein Gespür, was deine Person betrifft – das hatte ich auch bei Sarah letztes Jahr. Und mein Instinkt sagt mir, dass ihr zwei bei dieser überaus wichtigen Aufgabe hier im Pumpkin House sehr gut zusammenarbeiten werdet.«

Mr. Keenan hielt kurz inne und warf beiden abwechselnd einen prüfenden Blick zu. Ronnie war sich nicht sicher, ob der alte Mann versuchte, ernsthaft oder dramatisch oder beides zu sein.

»Ihr beiden«, fuhr Mr. Keenan schließlich fort, »werdet dafür sorgen, dass jede Seele von Smith's Grove eine eigene Kürbislaterne bekommt.« Dann öffnete er die Schachtel auf dem Tisch und nahm einige Kugelschreiber und einen Stapel Papier heraus, die von einer Büroklammer zusammengehalten wurden.

Als Mr. Keenan den Blätterstapel auf den Tisch legte, bemerkte Ronnie, dass die linke Seite der Blätter von oben bis unten mit Namen beschrieben war (mit einem kurzen Blick stellte er fest, dass es die Namen der Einwohner von Smith's Grove war) und sich auf der rechten Seite hinter jedem Namen drei Kästchen mit der Beschriftung GROSS, MITTEL, KLEIN befanden.

»Das ist eure Aufgabe. Sarah, dir würde eine Auffrischung guttun, also pass gut auf. Ihr werdet den Namen jeder einzelnen Person auf der Liste auf die Unterseite der Kürbislaternen schreiben und den Namen anschließend auf der Liste abhaken. Dabei müsst ihr genau aufpassen, dass die jeweilige Person eine Kürbislaterne in der richtigen Größe bekommt. Ihr könnt euch mit der Beschriftung der Kürbisse und dem Abhaken der Namen abwechseln, damit es nicht zu monoton wird und ihr nicht aus Langeweile möglicherweise jemanden übersieht oder vergesst, die Person auf der Liste abzuhaken. Egal ob ihr gerade Kürbisse beschriftet oder Namen abhakt, achtet darauf, dass ihr sorgfältig arbeitet, und macht keine Fehler!«

Ronnie fand Mr. Keenans Ermahnung ziemlich übertrieben, ja, schon fast an der Grenze zur Besessenheit oder leicht verrückt. Er warf Sarah einen Blick zu und zog dabei die Augenbrauen hoch, in der Erwartung, von ihr die gleiche Reaktion zu erhalten. Ihre zuvor unbeschwerte und scherzhafte Miene war jedoch höchster Konzentration und Ernsthaftigkeit gewichen, als hinge ihr Leben davon ab, Mr. Keenans Anweisungen bis ins kleinste Detail zu befolgen. Ronnie musste sich sehr zusammenreißen, um nicht laut loszulachen.

Wenn Mr. Keenan für jeden Einwohner (oder jede »Seele«, wie er zu sagen pflegte) von Smith's Grove eine Kürbislaterne basteln wollte, war das gut und schön – soll doch jeder seinen Spleen ausleben dürfen. Aber die Jack-o'-lanterns mit dem Namen eines jeden Empfängers zu beschriften und die Namen auf einer Liste abzuhaken, um sicherzugehen, dass jede Person tatsächlich eine Kürbislaterne in der ihr zugedachten Größe erhielt? Nach Ronnies Auffassung hätte man vielleicht mal Mr. Keenans Geisteszustand überprüfen sollen.

»Sie machen Witze, oder?«, platzte Ronnie heraus, noch bevor ihm bewusst wurde, dass er seine Zweifel laut aussprach.

»Nein, mir ist todernst«, erwiderte Mr. Keenan. »Und wenn dies etwas ist, das du nicht genauso ernst nimmst wie ich, dann habe ich dich vielleicht überschätzt, Ronnie Lancaster.

Ronnie warf Sarah erneut einen Blick zu und nahm etwas Flehendes in ihrem Blick wahr, so als bitte sie ihn stumm darum, die Aufgabe nicht auf die leichte Schulter zu nehmen. Ronnie wusste nicht, warum, aber wenn er irgendetwas unbedingt wollte, dann Sarahs Anerkennung.

»Na gut«, lenkte er ein und wandte sich wieder Mr. Keenan zu. »Ich nehme das Ganze schon ernst. Aber erst möchte ich wissen, warum es so wichtig ist. Dass man dafür sorgt, dass jeder Einwohner von Smith's Grove eine Kürbislaterne bekommt, die ihn an Halloween vor bösen Geistern schützt, das geht ja noch. Aber jeden Kürbis mit einem Namen zu beschriften und den Namen auf einer Liste abzuhaken? Irgendetwas verschweigen Sie uns doch!«

»Na gut, Ronnie. Ich weiß, dass du Zweifel an der ganzen Sache hast. Und ich weiß auch, dass du Halloween kindisch und albern findest.«

Verblüfft fragte sich Ronnie, woher Mr. Keenan wusste, wie er über Halloween dachte. Aber bevor er seiner Verwunderung Ausdruck verleihen konnte, sprach Mr. Keenan weiter.

»Sarah liebt Halloween. Einer der Gründe, aus denen ich euch beide zusammen eingeteilt habe, ist, dass ich hoffe, dass ein wenig von ihrer Einstellung auf dich abfärben wird. Wir werden sehen, ob das geschieht oder nicht. Aber um deine Frage zu beantworten: Hast du jemals von Old Notch-foot gehört?«

Ronnies verwirrte Miene verriet, dass er keine Ahnung hatte, um wen es sich dabei handelte.

»Es hätte mich auch sehr überrascht, wenn du von Old Notch-foot gehört hättest. Der Name wird in dieser Gegend möglichst nicht laut ausgesprochen, und ich vermeide es für gewöhnlich, ihn zu erwähnen, vor allem gegenüber Helfern. Aber ab und zu stellt eine neugierige Person Fragen – so wie du, Ronnie.« Mr. Keenan beugte sich zu Ronnie hinüber und begann, verschwörerisch zu flüstern. »Es geht nicht nur darum, die Menschen an Halloween vor den Geistern zu schützen, die aus dem Reich der Toten kommen und sich unter uns Lebende mischen, sondern auch darum, sie vor Old Notch-foot zu schützen, der gefährlicher werden kann als jeder Totengeist, der sein Unwesen treibt. Jede Seele von Smith's Grove muss in der Halloween-Nacht eine Kürbislaterne mit ihrem Namen haben, denn wenn nicht, kann Old Notch-foot Besitz ergreifen von den Seelen der schutzlosen Menschen. Und wir wollen nicht, dass den guten Seelen von Smith's Grove irgendetwas passiert, oder?«

Sarah schüttelte heftig den Kopf, kaum dass Mr. Keenan seinen Satz beendet hatte. Ronnie las ihr von den Augen ab, dass sie jedes einzelne Wort des alten Mannes für bare Münze nahm.

Ronnie fand die Geschichte spannend und hätte gerne mehr über Old Notch-foot erfahren, aber er war keinesfalls so überzeugt davon wie Sarah. Dennoch beschloss er, mitzuspielen, bis es ihm gelang herauszufinden, was hinter der ganzen Sache steckte. Immerhin war er hier, um Rick und den Problemen zu Hause aus dem Weg zu gehen, und nicht, um sich Gedanken über örtliche Monsterlegenden und dämonische Seelenfresser zu machen.

»Nein, das wollen wir eher nicht«, antwortete Ronnie und erhielt dafür von Mr. Keenan und Sarah ein zustimmendes Lächeln.

TEIL ZWEI:

26. OKTOBER, NOCH FÜNF TAGE BIS HALLOWEEN

Am nächsten Tag traf Ronnie schlecht gelaunt bei Mr. Keenan ein. Die Ereignisse des Abends zuvor erfüllten ihn noch immer mit heiligem Zorn, den er kaum im Zaum halten konnte. Sarah merkte sofort, dass irgendetwas mit ihm nicht stimmte.

»Alles okay?«, fragte sie schüchtern.

»Geht schon«, murmelte Ronnie und zerrte ungehalten einen Stuhl herbei, auf den er sich fallen ließ.

Sarah warf ihm einen zweifelnden Blick zu, zuckte dann aber mit den Achseln.

»Wie Mr. Keenan uns gestern gesagt hat, müssen wir uns konzentrieren«, bemerkte sie und nahm die Liste vom Tisch. »In wenigen Tagen ist Halloween, und wir müssen jeden Tag mehr als zweihundert Kürbislaternen mit Namen beschriften. Wenn du dich mal genauer umschaust, siehst du, dass die anderen heute Morgen schon fleißig Kürbisse geschnitzt haben.«

Ronnie warf einen Blick über Sarahs Schulter auf die wachsende Zahl an Jack-o'-lanterns, die auf ihre Beschriftung warteten. Zu seiner Linken erblickte er ein kleines Zeltdach, unter dem die Kürbislaternen anschließend aufbewahrt werden sollten.

»Möchtest du zuerst lieber die Kürbisse beschriften oder möchtest du lieber die Namen abhaken?«, fragte Sarah.

»Ist mir egal.« Ronnie starrte auf den Boden, die Arme auf den Knien aufgestützt und die Hände so fest zusammengepresst, dass sich die Fingerknöchel auf seinen Handrücken weiß färbten.

Er spürte Sarahs unverwandten Blick und wusste, dass sie auf eine Erklärung wartete. Er war aber nicht in der Stimmung, um darüber zu sprechen, was sich am Abend zuvor zwischen seiner Mutter und Rick zugetragen hatte.

»Na gut«, sagte Sarah schließlich, als ihr klar wurde, dass er ihr den Grund für seine schlechte Laune nicht verraten würde. »Dann fange ich damit an, die Kürbisse zu beschriften, und du kannst die Namen abhaken«, sagte sie und überreichte ihm die Blätter mit den Namen.

Sarah schrieb jeden Namen, den Ronnie ihr vorlas, mit einem schwarzen Filzstift auf die Unterseite der Kürbislaternen. Anschließend hakte Ronnie den Namen ab, während Sarah die Kürbislaternen in strikter Befolgung der Anweisungen, die sie am Tag zuvor von Mr. Keenan erhalten hatte, in alphabetischer Reihenfolge sortierte und unter das Zeltdach stellte. Eine weitere Schrulle auf Mr. Keenans wachsender Liste an Absonderlichkeiten war nach Ronnies Auffassung die Vorgabe, dass alle Kürbislaternen in alphabetischer Reihenfolge vor dem Haus in Richtung Straße aufgereiht werden sollten.

Die beiden arbeiteten ungefähr eine Stunde wortlos nebeneinander her, bis Sarah schließlich etwas sagte. Sie hatten soeben die Rollen getauscht, und nun war es

Ronnie, der die Kürbisse beschriftete, während Sarah die Namen abhakte.

»Weißt du, Ronnie«, begann Sarah, während sie Marty Andrews Namen abhakte und darauf wartete, dass Ronnie für die nächste Person auf der Liste einen mittelgroßen Kürbis holte. »Wenn mir etwas im Kopf umgeht, hilft es mir manchmal, wenn ich darüber spreche. Wir kennen uns nicht sehr gut, aber wenn du über irgendetwas sprechen willst, höre ich dir zu.«

In der vergangenen Stunde hatte sich Ronnie allmählich beruhigt, weil er von der Arbeit abgelenkt war. Er hatte sogar kurz überlegt, Sarah zu erzählen, was los war, aber dann hatte er den Gedanken verworfen, sein Herz auszuschütten. Welches Mädchen, das er gerade erst kennengelernt hatte, hätte schon alle seine häuslichen Probleme hören wollen? Aber nun bot sie ihm an zuzuhören, und Ronnie beschloss, sie einzuweihen. Er konnte nicht genau den Grund nennen, aber er fühlte sich in Sarahs Gegenwart wohl, obwohl er sie kaum kannte – sogar wohler, als er sich bei Eddie Matthews fühlte, und das war immerhin sein bester und ältester Freund.

Ronnie holte tief Luft. Wo sollte er anfangen? In seiner Stimme schwang Unsicherheit mit, als er fragte: »Wolltest du schon mal jemandem richtig wehtun?«

»Wehtun für was?«

»Weil dieser Jemand einer anderen Person schreckliche Dinge antut.«

»Oh ja«, antwortete Sarah, ohne zu zögern.

»Ich meine es ernst, Sarah.« Ronnie glaubte nicht, dass sie die Bedeutung seiner Frage verstand, aber vielleicht war sie auch nur zu abgelenkt mit der Beschriftung der blödsinnigen Kürbislaternen.

Sarah legte die Blätter auf den Tisch und warf ihm den offenherzigsten Blick zu, den er je gesehen hatte.

»Ich meine es auch ernst, Ronnie.«

Dann hob sie die Blätter wieder auf und sagte ihm, welchen Namen er auf den nächsten Kürbis schreiben sollte.

Während Ronnie den Kürbis mit Samantha Andrews Namen beschriftete (ein Mädchen aus seiner Geschichtsklasse), wartete er geduldig, ob Sarah ihre Antwort näher erklären würde. Er spürte den Drang, sie zu fragen, wollte aber nicht neugierig wirken.

»Lass uns ein paar Minuten Pause machen«, sagte Sarah, nachdem sie den beschrifteten Kürbis unter das Zeltdach gestellt hatte.

Ronnie setzte sich neben sie an den Tisch, während Sarah Samantha Andrews Name auf der Liste abhakte. Anschließend legte sie Stift und Papiere auf den Tisch und rückte ihren Stuhl näher an seinen, bis sich ihre Beine berührten, was Ronnie leicht verlegen machte.

»Vor einigen Jahren hat mir jemand etwas angetan«, begann Sarah. »Es war sehr falsch und sehr selbstsüchtig. Was diese Person getan hat, war in vielerlei Hinsicht furchtbar und hat mir viel genommen. Aber am Ende hat diese Person bekommen, was sie verdient hat.«

Ronnie starrte Sarah an, wagte aber nicht, sie zu fragen, was diese Person ihr angetan hatte. Viele Dinge schossen ihm in den Kopf, und alle ließen ihn schaudern. Es gab viele schlimme Dinge, die Menschen besser nicht erleben sollten.

Es gab aber noch viel schrecklichere Dinge, die ein Kind nie sollte ertragen müssen.

»Aber warum hast du mir diese Frage gestellt?«, fuhr Sarah fort.

Zwar hatte Ronnie Sarah angesehen, aber er war so in seine Überlegungen vertieft, was ihr wohl zugestoßen sein mochte, dass er durch sie hindurchgesehen hatte, als sei sie ein Geist oder eine Halluzination. Er schüttelte den Kopf und konzentrierte sich wieder auf Sarah, während er nach den richtigen Worten suchte. Dabei trafen sich ihre Blicke. Für einen kurzen Augenblick nahm er die unterschiedlichsten Empfindungen wahr, die sich in ihren braunen Augen widerspiegelten.

Mitgefühl. Vertrauen. Verständnis. Trauer. Schmerz.

Auf eine eigenartige Weise zog er Kraft aus ihrem Blick.

»Meine Mutter wird von ihrem Freund Rick geschlagen.«

Kaum dass er diesen Satz ausgesprochen hatte, fühlte Ronnie sich für einen kurzen Moment wie betäubt.

Noch nie hatte er irgendjemandem gegenüber erwähnt, was seiner Mutter widerfuhr. Er war schockiert, dass er es nun ausgesprochen hatte. Plötzlich und ohne, dass er wusste, wie ihm geschah, fühlte sich der vierzehnjährige Ronnie Lancaster wieder wie der vierjährige Ronnie Lancaster.

Dann brach er in Tränen aus.

Sarah legte ihre Arme um ihn und drückte ihn. Sie strich ihm über den Kopf und versicherte ihm, dass alles gut werden würde.

Ronnie wusste nicht, wie lange er dort saß und weinte und zuließ, dass Sarah ihn festhielt und tröstete. Die Tränen seiner unterdrückten Wut, seiner Verwirrung, seiner Hilflosigkeit und Fassungslosigkeit über die Misshandlungen, die seine Mutter erduldete, schossen aus seinen Augen wie Wasser aus einem geborstenen Rohr. Es war, als würde der Tränenstrom nie versiegen.

Nach einigen Minuten wischte er sich die geschwollenen Augen und geröteten Wangen trocken. Er wusste, dass es ihm peinlich sein sollte, vor Sarah, die er erst einen Tag zuvor kennengelernt hatte, in Tränen auszubrechen. Aber aus irgendeinem Grund empfand er keine Scham. Er fühlte sich, als sei ihm ein Stein vom Herzen gefallen, eine gewaltige emotionale Last, deren Gewicht ihn zu Boden gedrückt hatte.

Ronnie blickte auf Sarahs Füße und lachte kurz auf, als er ihre dreckverschmierten Fußrücken sah.

»Warum trägst du eigentlich die ganze Zeit diese albernen Flipflops?«, fragte er und befreite sich widerwillig aus ihrer Umarmung und dem Gefühl der Sicherheit, das sie ihm gegeben hatte. »Deine Füße werden ja ganz schmutzig.«

Sarah blickte zu ihren Füßen hinab. »Stimmt«, sagte sie und stimmte in sein Lachen ein. Dann wurde ihr Ton ernst. »Manchmal werden wir schmutzig. Aber weißt du, was?«

»Was?«

Sarah schleuderte ihre Flipflops weg und lief zur seitlichen Hauswand. Ronnie hörte kurz ein Wasserplätschern, und nach wenigen Sekunden kehrte Sarah zurück, setzte sich wieder neben ihn und zeigte ihm ihre frisch gewaschenen Füße.

»Egal wie schmutzig die Dinge werden, Schmutz und Dreck lassen sich immer abwaschen.«

Wieder drängte es Ronnie, sie zu fragen, was ihr zugestoßen war, damit er ihr Trost spenden konnte, wie sie es zuvor bei ihm getan hatte. Aber er brachte es noch immer nicht fertig, das Thema anzuschneiden.

Sarah beugte sich vor und nahm Ronnies Hand in die ihre, was ihn für einen kurzen Moment durcheinanderbrachte. Sie lächelte ihn an, mit der stummen Bitte, er möge sein Herz erleichtern.

»Es begann vor einigen Jahren«, sagte Ronnie, während er versuchte, das aufkeimende romantische Gefühl, das Sarahs Hand auf seiner auslöste, zu unterdrücken. »Nachdem mein Vater uns verlassen hatte, war meine Mutter sehr lange allein. Vor ungefähr zwei Jahren fing sie an, sich mit diesem Typen namens Rick Williams einzulassen. Er trinkt viel und ist sehr launisch und cholerisch. Manchmal schlägt er sie. Sie versucht, ihn zu verteidigen, und sagt, er habe das nur getan, weil er zu viel getrunken habe oder weil er gerade eine schwere Zeit durchmache. Aber das sind nur Ausreden. Er schlägt sie, weil er ein schlechter Mensch ist.«

Ronnie entzog Sarah seine Hand und deutete auf seine schwarzen Converse-Sneakers.

»Siehst du den weißen Farbklecks da vorne? Das ist letzten Sommer passiert. Wir waren in der Garage. Rick half mir, einen Bücherschrank für mein Zimmer zu streichen. Als wir fertig waren, reichte er mir den Farbeimer, damit ich ihn ins Regal zurückstelle, aber ich ließ ihn versehentlich fallen. Dabei schwappte ein wenig Farbe auf meinen Turnschuh und der ganze Rest landete auf dem Garagenboden. Rick schrie mich and und beschimpfte mich als Idioten. Meine Mutter sagte ihm, er solle mich nicht so anschreien, er sei schließlich nicht mein Vater. Daraufhin schlug er sie ins Gesicht und sagte, sie solle aufpassen, wie sie mit ihm redete, und ihn gefälligst respektieren. Die geringsten Kleinigkeiten können ihn in Rage bringen.«

»Wie hat deine Mutter reagiert?«

»Sie hat Schluss gemacht, aber schon nach einer Woche waren sie wieder zusammen. Sie sagt immer, sie hat genug von ihm, und dann verlässt sie ihn, aber sie kehrt jedes Mal zu ihm zurück, wenn er schwört, dass es sich nicht wiederholen wird. Ich habe keine Ahnung, warum sie ihn immer wieder zurücknimmt. Rick unterstützt sie finanziell, aber das kann nicht der einzige Grund sein. Vielleicht hat sie Angst vor ihm, ich weiß es nicht.«

»Und warum warst du heute Morgen so schlecht drauf? Du hast ausgesehen, als könntest du jemanden umbringen.«

»Ich glaube, das hätte ich gekonnt, Sarah. Gestern Abend hat Mom im »Nick's Tavern« gearbeitet. Das ist die Bar draußen an der Route 60. Manchmal arbeitet sie da, um sich etwas hinzuzuverdienen. Jedenfalls bin ich letzte Nacht von Schreien aufgewacht, die so klangen, als kämen sie aus dem Vorgarten. Ich bin aus dem Bett gesprungen und ins Wohnzimmer gelaufen. Dort sah ich aus dem Fenster und sah Mom auf dem Boden liegen. Sie weinte und hielt sich das Gesicht. Rick stand über ihr und schrie. Offenbar hatten sie gestritten, weil Rick gestern Abend in der Bar aufgetaucht war und dachte, Mom würde mit irgendjemand flirten. Das stimmte natürlich nicht, aber Rick war anderer Meinung, und der Alkohol hat seine Eifersucht nur noch weiter angefacht. Als ich sah, was los war, rannte ich in die Küche und holte ein Messer.« Ronnie hielt inne und wandte sich von Sarah ab, weil er nicht wollte, dass sie die Wut in seinen Augen sah. Nach einem kurzen Moment hatte er sich wieder gefasst. »Sarah, ich war drauf und dran, ihn zu töten. Als ich endlich draußen ankam, war Rick bereits mit seinem Pick-up davongefahren. Ich weiß aber ganz genau, dass ich ihn umgebracht hätte, wenn ich ihn zu fassen gekriegt hätte, bevor er losgefahren ist.«

Ronnie erwartete, dass Sarah von ihm abrücken würde, aber stattdessen beugte sie sich vor und nahm erneut seine Hand.

»Das ist eine natürliche Reaktion, Ronnie. Du solltest aber eines bedenken: Wenn du ihn umbringen würdest, würdest du dir selbst und deiner Mom nur noch mehr Probleme bereiten, weil man dich einsperren würde und deine Mutter dann ganz allein wäre.«

»Was soll ich tun? Ignorieren, was er ihr antut?«

»Natürlich nicht. Ich meine nur, du solltest dich nicht von deinen Gefühlen überwältigen lassen. Rick wird eines Tages dafür bezahlen, was er deiner Mutter antut – so wie die Person, die mir etwas angetan hat.«

Ronnie schwieg. Er überlegte noch immer, ob er Sarah fragen sollte, was ihr passiert war. Am Ende beschloss er jedoch, dass sie an diesem Tag schon zu viele persönliche Probleme gewälzt hatten. Es war Zeit, die Dinge ruhen zu lassen, bevor es einem von ihnen schlecht bekommen würde.

»Mach dir keine Sorgen, Ronnie. Das kommt von allein wieder in Ordnung.«

»Vielleicht hast du recht. Ich hoffe nur, dass es sich einrenkt, bevor er Mom wirklich verletzt.«

»Ja, ich weiß«, antwortete Sarah, ließ seine Hand los und strich ihm kurz über die Wange, bevor sie den Stapel Papier vom Tisch nahm. »Wir arbeiten besser weiter, sonst werden wir nie mit diesen Kürbislaternen fertig.«

Ronnie stand auf und nahm ihr die Papiere aus der Hand. »Nichts da, du bist dran mit der Beschriftung der Kürbisse, und ich hake die Namen ab.«

»Ich habe gehofft, du hättest vergessen, dass es Zeit war zu wechseln«, lachte Sarah, während sie aufstand. »Jetzt kann ich mich nicht auf meinen vier Buchstaben ausruhen.«

***

Ronnie und Sarah beschlossen, es sei fair, jede Stunde zu wechseln. Als sie sich durch die Liste mit den Namen arbeiteten, die mit *B* begannen, musste Ronnie Sarah zustimmen, dass es wirklich sehr viele Einwohner gab, deren Nachname mit *B* begann; bereits seit eineinhalb Stunden waren sie mit diesen Namen beschäftigt und hatten erst knapp die Hälfte geschafft.

»William Booth«, sagte Ronnie zu Sarah gewandt. Er sah, wie sie den Namen auf die Unterseite einer Kürbislaterne schrieb, hakte den Namen ab, warf einen Blick auf den nächsten Namen und beschloss, es sei ein guter Zeitpunkt, um Sarahs Humor auf die Probe zu stellen.

Sarah stellte die Kürbislampe auf den wachsenden Stapel beschrifteter Kürbisse und ging zu den noch nicht beschrifteten Kürbissen. »Wer kommt als Nächstes?«

»Tammy Bowen«, sagte Ronnie.

Sarah wollte gerade den Filzstift auf einer unbeschrifteten Kürbislaterne ansetzen, als sie plötzlich innehielt. Sie starrte Ronnie an, der schelmisch grinste.

»Das ist meine Mom. Ich glaube, du hast jemanden vergessen, du Schuft!«

Sarah warf mit dem Filzstift nach Ronnie, der einen gespielten Schmerzensschrei ausstieß, als ihn der Stift an der Brust traf.

»Hey, reg dich ab«, lachte er. »Was ist los? Hast du etwa Angst, dass Old Notch-foot kommt und sich deine Seele holt, wenn wir deinen Namen nicht auf eine Kürbislaterne schreiben?«

Ronnie prustete noch lauter, bis er merkte, dass Sarah seine Worte nicht witzig fand. Wieder hatte sie eine strenge Erwachsenenmiene aufgesetzt.

»Das ist nicht lustig, Ronnie.« Ihr Ton erinnerte an eine Mutter, die ihr Kind zurechtweist. Diesen Ton hatte Ronnie allzu oft bei seiner eigenen Mutter gehört.

»Ach, Sarah, jetzt hab dich nicht so. Ich habe doch nur Spaß gemacht. Wo ist das Problem?«

»Old Notch-foot ist ein sehr großes Problem«, ertönte eine Stimme hinter Ronnie.

Aufgeschreckt sprang Ronnie auf und drehte sich um. Mr. Keenan musterte ihn mit derselben strengen Miene, mit der Sarah ihn angesehen hatte, nur dass der alte Mann ihn fixierte, als habe er soeben angekündigt, er werde im Wald mit Streichhölzern zündeln.

Mr. Keenan warf einen Blick auf die verbleibenden Kürbislaternen. »Sieht so aus, als hättet ihr heute noch fast achtzig Jack-o'-lanterns zu beschriften. Lasst uns eine kurze Pause machen und miteinander sprechen.« Er setzte sich auf einen freien Stuhl am Tisch, lehnte den Gehstock gegen sein Bein und faltete die Hände vor dem Körper. »Ronnie, selbst wenn es aus Versehen geschieht, wenn irgendeine Person zu Mitternacht an Halloween keine Kürbislaterne mit ihrem Namen hat, *wird* Old Notch-foot von dieser guten Seele Besitz ergreifen.«

»Es tut mir leid, Mr. Keenan. Ich habe Sarah nur ein wenig aufgezogen. Natürlich hätte ich ihren Namen nie ausgelassen.«

Mr. Keenan blickte Ronnie für einen Moment tief in die Augen, in dem Versuch, zu bestimmen, ob er die Wahrheit sagte.

Ronnie hoffte, dass Mr. Keenan ihm glauben würde. Selbstverständlich hätte er Sarah gesagt, dass er ihren Namen ausgelassen hatte, wenn es ihr nicht selbst aufgefallen wäre. Er hatte nur einen Spaß machen wollen. Zugleich hätte er aber nie eingestanden, dass er den Unfug über den Seelenfresser Old Notch-foot glauben würde.

Schließlich schien Mr. Keenan zu der Überzeugung gelangt zu sein, dass Ronnie die Wahrheit sagte, denn er lehnte sich in seinem Stuhl zurück und sein strenger, irritierter Gesichtsausdruck entspannte sich.

»Halloween hat seinen Ursprung in einem alten keltischen Fest namens Samhain. Hast du schon mal davon gehört, Ronnie?«

Ronnie erinnerte sich dunkel, dass er diesen merkwürdigen Namen schon einmal in einem Gruselfilm rund um den Serienkiller Michael Myers gehört hatte – *Halloween II*, dachte er. Aber er beschloss, sich dumm zu stellen, um herauszufinden, worauf Mr. Keenan hinauswollte.

»Nein, habe ich nicht. Was ist das?«

»Vor ganz langer Zeit feierten die Kelten – ein Volk, das im heutigen Irland lebte – jedes Jahr zum Ende der Erntezeit ein Fest, und zwar am 31. Oktober. Nach dem keltischen Kalender fiel Samhain allerdings auf die Neujahrsnacht. Nach unserer modernen Zeitrechnung beginnt das Jahr am 1. Januar. Damals begann es am Morgen nach Halloween, dem heutigen Allerheiligen. Man könnte Halloween daher als Zeitpunkt für einen Neuanfang und neue Vorhaben betrachten.«

Das entsprach definitiv nicht der Beschreibung des Samhain-Festes in *Halloween II*. Ronnie erinnerte sich, dass Dr. Loomis Samhain als »Herr der Toten« bezeichnet hatte und wie der Film versucht hatte, damit eine Atmosphäre des Bösen zu erzeugen.

Hollywood, dachte Ronnie angewidert. *Die machen für Geld alles.*

Ronnie dachte über die Vorstellung eines Neuanfangs nach. Am Silvesterabend fassten die Menschen gute Vorsätze für das neue Jahr und versprachen sich selbst, bestimmte Veränderungen in ihrem Leben vorzunehmen. Zu den üblichen Vorsätzen gehörten Dinge wie ein Umzug in eine andere Stadt, die Suche nach einem neuen Job oder mit dem Rauchen aufzuhören.

Ronnie brauchte nicht lange, um sich vorzustellen, was im Fall seiner Mutter ein »Neuanfang« bedeuten würde: ein Leben ohne Rick. Obwohl er wusste, dass seine Mutter niemals den guten Vorsatz für ein neues Jahr fassen würde, sich dauerhaft von Rick zu lösen, war er sich sicher, dass ihr ein solcher Neubeginn sehr guttäte und sie viel glücklicher wäre, auch wenn sie das selbst nicht erkennen oder es sich nicht eingestehen konnte.

»Das wusste ich nicht über Halloween. Aber mir gefällt die Idee«, gab Ronnie ehrlich zu.

»Wenn man hinter die äußere Hülle einer Sache blickt, stellt man üblicherweise fest, dass ihre wahre Bedeutung ganz anders ist, als man gedacht hatte. Das Gleiche gilt für Halloween. Wenn man die Kostüme, die Süßigkeiten, die Dekoration und die Geisterhäuser beiseitelässt – und ja, auch die Kürbislaternen –, stößt man auf etwas ganz Besonderes und sehr Wichtiges. Wenn man den wahren Sinn einer Sache kennt, versteht man sie besser und bringt ihr vielleicht sogar eine größere Wertschätzung entgegen.«

Ronnie dachte einen Moment über Mr. Keenans Argument nach. Er sah Halloween definitiv in einem anderen Licht. Sich für »Trick or Treat« zu verkleiden, war wichtig, solange man ein Kind war, aber wenn man älter wurde, konnte es durchaus eine andere Bedeutung bekommen. Er blickte hinüber zu Sarah und erinnerte sich daran, dass sie ihm gesagt hatte, Halloween sei ihr liebstes Fest. Ursprünglich fand Ronnie das irgendwie kindisch. Aber jetzt wurde ihm klar, warum Halloween ihr so wichtig war. Nicht die Süßigkeiten machten Halloween so wichtig, sondern seine tiefere und wahrscheinlich weniger bekannte Bedeutung.

»Wahrscheinlich ist Halloween nicht so schlecht, wie ich dachte.« Ronnie machte eine Pause und sah erneut zu Sarah hinüber. »Es ist irgendwie cool.«

Sarah schenkte Ronnie ein breites Lächeln, das in ihm ein seltsames Gefühl weckte – er war sich nicht ganz sicher, was für ein Gefühl es war –, das sich irgendwo zwischen freundschaftlich und romantisch bewegte.

»Ich sollte euch zwei wieder arbeiten lassen«, sagte Mr. Keenan, während er sich langsam vom Stuhl erhob und nach seinem Stock griff.

Ronnie betrachtete den alten Mann, der weghumpelte und hinter der Ecke des Hauses verschwand, in einem anderen Licht. Er war dankbar, dass ihm Mr. Keenan eine neue Sicht auf Halloween eröffnet hatte.

Einige Stunden später, gegen vier Uhr nachmittags, beendeten Ronnie und Sarah ihre Arbeit. Endlich hatten sie die Liste mit den Namen, die mit *B* begannen, abgeschlossen und hatten gerade mit den *Cs* begonnen (bei Sandra Casey hörten sie auf), als die Kürbislaternen aufgebraucht waren. Sarah legte die Liste und die Stifte sorgfältig in die Schachtel zurück.

»Ich bringe Mr. Keenan die Schachtel, damit nichts passiert.«

Ronnie war erstaunt, wie ernst Sarah ihre freiwillige Arbeit im Pumpkin House nahm.

»Okay. Dann sehen wir uns morgen.«

»Das werden wir. Und denk dran, worüber wir vorhin gesprochen haben. Lass dich nicht von deinen Gefühlen gegenüber Rick überwältigen. Hab Geduld und sei für deine Mutter da, wenn sie dich braucht. Die Dinge werden sich von allein regeln.«

Sarah ging auf Ronnie zu, und bevor er wusste, wie ihm geschah, nahm sie ihn in die Arme. Der kurze Gefühlswirbel, den er zuvor verspürt hatte, wallte erneut auf. Er war dankbar, als Sarah sich schließlich von ihm abwandte.

»Bis morgen, Ronnie.«

»Bis morgen, Sarah.«

Ronnies Blick folgte ihr, als sie um die Ecke des Hauses bog. Er konnte es schon jetzt kaum erwarten, sie am nächsten Tag wiederzusehen.

TEIL DREI:

27. OKTOBER, NOCH VIER TAGE BIS HALLOWEEN

Ronnie gähnte, als er die beschriftete Kürbislaterne unter das Zeltdach stellte.

Sarah kicherte. »Pass auf, du Schlafmütze. Wir würden dich nur ungern feuern, weil du während der Arbeit einschläfst.«

Ronnie schüttelte den Kopf und versuchte, wach zu werden. In der Nacht zuvor hatte er kaum ein Auge zugetan und war früher als sonst im Pumpkin House eingetroffen. Er freute sich nicht nur darauf, Sarah wiederzusehen, sondern auch auf seine Arbeit, nun, da er Halloween dank Mr. Keenans kurzem Vortrag in einem völlig neuen Licht betrachtete.

»Keine Sorge«, sagte er. »Für kein Geld der Welt kriegt ihr mich hier raus.«

Sarah sah ihn überrascht an. »Na, das klingt aber ganz anders als noch vor zwei Tagen.«

Ronnie wurde durch Mr. Keenan, der um die Ecke bog, von weiteren neckischen Bemerkungen erlöst. Sein Hund Rusty folgte ihm dicht auf den Fersen. »Ich wollte mal sehen, wie ihr heute vorankommt«, sagte er und warf einen prüfenden Blick auf die Stapel der beschrifteten und unbeschrifteten Kürbislaternen. »Sieht so aus, als hättet ihr tüchtig vorgearbeitet.«

»Ja«, nickte Sarah. »Ronnie hat beschlossen, heute mal was zu tun.«

Der alte Mann lachte, zog einen Stuhl heran und ließ sich darauf nieder. Rusty ließ sich neben ihm auf den

Boden fallen und schlief sofort ein. Als sich Sarah und Ronnie zu Mr. Keenan setzten, überlegte Ronnie, dass dies eigentlich ein guter Zeitpunkt war, um eine Frage zu stellen, die ihm schon den ganzen Tag im Kopf herumging.

»Mr. Keenan, meine Mutter hat schon immer in Smith's Grove gelebt. Ich habe sie gestern Abend nach Old Notch-foot gefragt, aber sie hat noch nie von ihm gehört. So wie Sie über ihn gesprochen haben, gibt es wahrscheinlich nicht viele Menschen hier, die etwas darüber wissen. Wie haben Sie von ihm erfahren?«

Mr. Keenan blickte auf seine Uhr. Es war kurz nach ein Uhr Mittag.

»Da ihr zwei schon so weit vorgearbeitet habt, können wir uns wohl die Zeit nehmen, damit ich euch die Geschichte erzähle ...«

»Oh ja, wir haben Zeit«, unterbrach ihn Sarah mit gespannter Miene. Sie beugte sich zu Ronnie hinüber und flüsterte, »Das ist eine meiner Lieblingsgeschichten.«

Ronnie nickte und fragte sich, warum sie unbedingt diese Geschichte hören wollte, die Mr. Keenan ihnen erzählen wollte.

»Nun«, begann Mr. Keenan mit seiner tiefen, durchdringenden Stimme. »Diese Geschichte hat sich im Jahr 1911 zugetragen, aber eigentlich reicht sie zurück bis 1845, dem Jahr der Großen Hungersnot in Irland. Unzählige Menschen verhungerten damals, aber noch mehr verstarben an Krankheiten. Viele der Überlebenden wanderten damals nach Amerika aus, vor allem die Jüngeren. Dort bauten sie sich ein neues Leben auf und schickten Geld an ihre zurückgebliebenen Familien, damit diese ihnen nach Amerika folgen und den Hunger und die Armut hinter sich lassen konnten. Mein Vorfahre, William Keenan, war einer von ihnen. Er ließ sich in Smith's Grove nieder. Damals war der Ort allerdings nicht sehr viel mehr als eine kleine Gemeinde von Farmern.

Mr. Keenan machte eine kurze Pause und rückte seinen Stuhl näher heran. Während er mit dem Stuhl hantierte, dachte Ronnie, der alte Mann sei bestimmt sehr gut im Fabulieren, einen Ausdruck, den seine Großmutter oft verwendet hatte, wenn sein Großvater eine lange, gewundene und ausgeschmückte Geschichte erzählt hatte.

»Zwei Generationen später lebte Williams Enkel Charles, nach dem ich benannt bin, als Farmer hier, so wie sein Vater. Seine Familie war tief in den irischen Traditionen verwurzelt. In jedem Herbst feierte sie mit Samhain das Ende der Erntezeit, so wie es ihre irischen Vorfahren schon immer getan hatten und wie es auch Charles' Großvater getan hatte, seit er nach Amerika ausgewandert war. Charles richtete das Fest aus und lud alle Farmer und Nachbarn des Ortes in sein Haus. Damals, im Jahr 1911, hatte er reichlich Grund zu feiern. Er war einer der reichsten Bauern und hatte ein Mädchen aus dem Dorf geheiratet. Sie hieß Malinda Marcum; in Smith's Grove hieß es, sie sei das schönste Mädchen weit und breit gewesen.«

Mr. Keenan machte eine erneute Pause und senkte seine normalerweise dröhnende Stimme zu einem leisen Flüstern. Ronnie fühlte sich an Kinder erinnert, die rund um ein Lagerfeuer sitzen und sich Geistergeschichten erzählen.

»Folgende Geschichte soll sich in der Halloween-Nacht von 1911, ein Jahr nach seiner Heirat, zugetragen haben …«

***

Als Charles Keenan auf seine schwangere Frau starrte, die auf dem Boden lag, wusste er, dass es nur einen Weg geben konnte, wie er Rache an Thomas Levi nehmen konnte. Malindas knöchellanges Kleid war aufgerissen bis zur Taille und ihre Bluse über die rechte Schulter heruntergerissen, sodass sie beinahe ihre Brust entblößte. Hinter den kastanienbraunen Locken, die ihr ins Gesicht hingen, konnte Charles noch die Tränen sehen, die aus ihren grünen Augen quollen, während sie hilflos wimmerte.

Diese grünen Augen hatten ihn von Anfang an fasziniert. Charles hatte nie die sattgrüne Hügellandschaft

Irlands kennengelernt, die sein Großvater so oft in seinen Geschichten beschrieben hatte. Charles stellte sich die sanft geschwungenen Hügel so schön vor wie Malindas grüne Augen.

Er streckte die Hand aus, strich ihr sanft die Locken aus dem Gesicht und versuchte, sie mit einem Lächeln zu beruhigen, aber er wusste, es war vergeblich. Nur die Zeit würde ihre Wunden heilen. Dann legte er seine Hand auf ihren aufgeblähten Bauch und spürte, wie sich das heranwachsende Baby darin bewegte. Beide tauschten ein erleichtertes Lächeln aus.

»Das Kind lebt«, sagte er sanft. »Alles wird gut.«

Malinda nickte.

Charles wandte sich zu den offenen Scheunentoren um. Er konnte noch hören, wie seine Nachbarn und Freunde draußen das Ende der Erntezeit feierten – den eigentlichen Anlass des Festes, das zu den schrecklichen Ereignissen geführt hatte.

In der gerade zu Ende gegangenen Saison hatte Charles eine größere Ernte eingefahren als in den fünf Jahren zuvor. Wie sein Vater und sein Großvater spürte er eine besondere Verbindung zu seinem Land – so wie die Verbindung, die ein Mann zu seiner Frau spürt. Insgeheim schrieb er seine reiche Ernte dem Umstand zu, dass er sich in Malinda verliebt und sie zur Frau genommen hatte. Und nun erwarteten sie ihr erstes gemeinsames Kind.

Als der Tag des Samhain-Festes nahte – eine Tradition, die Charles von seinem Großvater übernommen hatte –, beschloss er, das größte Fest auszurichten, das die Einwohner von Smith's Grove je gesehen hatten. Er wollte damit nicht nur der erfolgreichsten Ernte gedenken, seit er einen Pflug gezogen hatte, vor allem wollte er seine und Malindas Liebe und die bevorstehende Geburt ihres ersten Kindes feiern.

Die meisten Farmer und Nachbarn freuten sich für Charles und wollten gerne mit ihm feiern. Einige waren jedoch neidisch, darunter Thomas Levi, der sich vor Neid und Eifersucht buchstäblich verzehrte.

Allerdings war Thomas nicht wegen der besonders reichen Ernte auf Charles eifersüchtig. Charles bezweifelte, dass ihm sein Ernteerfolg irgendetwas ausmachte, denn er war der faulste Farmer von Smith's Grove, der nur genau so viel anbaute, wie er zum Leben brauchte. Nein, Thomas verzehrte sich vor Eifersucht, weil er Malinda gerne selbst geheiratet hätte. Allerdings hatte sie seine Gefühle nie erwidert und sein Werben beständig abgewehrt, weil sie tief in sein finsteres Herz blickte und wusste, was für eine Art Mensch er wirklich war.

Charles verfluchte sich selbst, als er an die Ereignisse des Abends zurückdachte. Er hätte wissen müssen, dass Thomas irgendetwas ausbrütete. Während alle tranken und sich amüsierten, ließ Thomas Malinda keine Sekunde aus den Augen.

Im Verlauf des Abends wurde sein Blick immer begehrlicher.

Charles war Thomas' Verhalten gegenüber Malinda nicht entgangen, allerdings konnte er sich nicht vorstellen, dass er verrückt oder dumm genug war, um in Anwesenheit des ganzen Dorfes irgendetwas anzustellen.

Er hatte sich getäuscht.

Charles wandte sich wieder seiner Frau zu, deren Weinen inzwischen zu einem leisen Schluchzen verebbt war.

»Kannst du dich aufsetzen?«

Malinda nickte und richtete sich langsam auf. Sie blickte auf ihre zerrissenen Kleider und legte instinktiv ihre Hände auf den Bauch, so als wolle sie ihr ungeborenes Kind schützen.

»Wo ist er?«, zischte sie.

Charles sah einen brennenden Hass in ihren Augen aufflackern, einen Hass, der sich bald auch in seinen Augen widerspiegelte.

»Ich weiß es nicht. Als ich hereinkam und sah, wie er versuchte …« Charles schüttelte den Kopf und schloss die Augen, unfähig, die Worte laut auszusprechen. »Er rannte weg, als er mich kommen sah«, fuhr er schließlich fort. »Ich weiß nicht, wohin. Ich konnte dich nicht hier liegen lassen. Ich musste zuerst sehen, wie es dir ging, bevor ich auch nur daran denken konnte, ihn zu verfolgen.« Charles hielt inne und blickte Malinda tief in die Augen. »Das war die schwerste Entscheidung meines Lebens.«

»Mir geht es gut«, sagte Malinda und schenkte ihrem Mann ein beruhigendes Lächeln.

Charles nahm sie beim Wort und dachte, wenn er handeln würde, dann musste er gleich handeln, bevor er es sich anders überlegen würde. »Warte hier.«

Er stand auf und eilte zum Scheunentor. Unter den Menschen, die nicht bemerkt hatten, was hinter ihrem Rücken vorgefallen war und in weniger als dreißig Metern Entfernung von ihnen standen, suchte er nach Clarinda Marcum, Malindas jüngerer Schwester.

Um keine Aufmerksamkeit zu erregen, bahnte sich Charles wie beiläufig den Weg durch die Menge. Als er Clarinda erreichte, fasste er sie sanft am Arm und zog sie zu sich hin.

»Komm bitte kurz mit«, flüsterte er, wobei er sich vergewisserte, dass ihn niemand hören konnte. »Du musst bei Malinda bleiben.«

Clarinda warf Charles einen beunruhigten Blick zu, aber Charles beschwichtigte sie mit einem Kopfnicken. Er drehte sich um und führte sie in die Scheune. Dort fanden sie Malinda, die noch immer auf dem Boden saß und ihre Hände schützend um den Bauch legte. Als Clarinda das tränenüberströmte Gesicht ihrer Schwester sah, rannte sie zu ihr hin, kniete neben ihr nieder und fragte sie, was ihr zugestoßen war.

Charles wusste, dass er sich beeilen musste. Er hatte keine Zeit für Erklärungen, wenn er Thomas stellen wollte. »Clarinda, bleib du bei ihr. Ich bin gleich wieder zurück.«

Sein Blick versenkte sich kurz in Malindas grünen Augen, als suche er nach etwas, über das er sich selbst nicht ganz im Klaren war.

Vielleicht wollte er sich vergewissern, dass es ihr gutging, vielleicht suchte er auch nach Absolution für das, was er vorhatte.

Vor allem aber prägte er sich tief das Antlitz der Frau ein, die er liebte und unter allen Umständen beschützen würde.

Als könne sie seine Gedanken lesen, lächelte Malinda ihn sanft an. »Geh, mein Liebster«, sagte sie.

Charles lächelte zurück, bevor er sich auf den Weg machte, um Thomas Levi zu suchen.

Als kleiner Junge hatte Charles' Großvater ihm die Legende von Old Notch-foot erzählt. Er wusste nicht, ob alle irischen Familien die Legende kannten, seine war jedenfalls damit vertraut. Zwar hatte er die Existenz von Old Notch-foot nie infrage gestellt, aber nun hatte er Zweifel, ob es ihm gelingen würde, ihn herbeizurufen, damit er Rache an Thomas nahm. Charles' Familie hatte Irland vor mehr als 50 Jahren verlassen und war nicht mehr zurückgekehrt, seit sein Großvater nach Amerika ausgewandert war, als dieser noch ein Teenager war. Er wusste nicht, ob Old Notch-foots Macht quer über den Atlantik bis Smith's Grove reichen würde.

Aber er war wild entschlossen, es herauszufinden.

Charles hatte keine Wahl. Es gab keinerlei Hinweise darauf, wohin Thomas geflohen war oder wo er sich versteckte. Charles wusste, dass er ihn ohne Hilfe nicht finden würde. Allerdings brauchte er eine mächtigere Hilfe, als sie ihm seine Freunde und Nachbarn bieten konnten.

Er brauchte Old Notch-foot.

Unterwegs fielen ihm die Worte seines Großvaters wieder ein:

In der Nacht von Samhain ist der Schleier zwischen der Welt der Lebenden und der Welt der Toten besonders dünn, sodass die Geister sich unter die Lebenden mischen und ihr Unwesen treiben können. Der vielleicht gefährlichste von ihnen ist Old Notch-foot, ein Rachegeist, der sich nicht kontrollieren lässt; man kann ihn nur beschwichtigen. Sollte jemals die Notwendigkeit bestehen, ihn anzurufen, damit er Rache nimmt, vergewissere dich, dass die Notwendigkeit der Rache die Folgen seiner Herbeirufung bei Weitem überwiegt. Andernfalls wird sich Old Notch-foot nicht beschwichtigen lassen, sondern sich in eine entfesselte Macht verwandeln, die alle schutzlosen Seelen ergreift, derer sie habhaft werden kann.

Charles blieb stehen und blickte sich um. Er stand mitten auf dem Feld, das seine Farm von der Farm der Marcums trennte, der Eltern von Malinda und Clarinda. Er war ganz allein. Der Himmel über ihm war nachtschwarz, die Gestirne verdeckt von den dunklen Wolken, die sich unerwartet aufgetürmt hatten. Ein Schauder rann ihm über den Rücken und schärfte seine Sinne. Er hob die Hände in den Himmel, schloss die Augen und verscheuchte die warnenden Worte seines Großvaters aus seinen Gedanken.

Thomas Levi muss für seine Tat bezahlen, koste es, was es wolle.

Clarinda blickte in Malindas vom Weinen geschwollene Augen und strich ihr mit der Hand durch die Haare, wie es ihre Mutter immer getan hatte, als sie beide noch kleine Mädchen waren. Mit der anderen Hand hielt sie die Hand ihrer Schwester ganz fest, in dem Versuch, ihr das Gefühl von Sicherheit zu vermitteln, auch wenn sie nicht wusste, was überhaupt geschehen war. Charles hatte keine Zeit gehabt, es ihr zu erzählen, bevor er sich auf den Weg gemacht hatte.

»Was ist passiert, Malinda?«, fragte Clarinda zögerlich und in stockender Flüsterstimme.

Malinda blickte in Clarindas Augen. Sie wollte es ihrer Schwester erzählen, aber sie schämte sich. Eine kleine innere Stimme sagte ihr aber, sie würde sich besser fühlen, wenn sie ihr Herz erleichtern könnte, und Clarinda hatte sie schon immer alles anvertrauen können.

»Ich ging in die Scheune, um eine Weile von dem Lärm draußen wegzukommen, weil ich seit meiner Schwangerschaft oft Kopfschmerzen habe. Ich war kaum eingetreten, als ich das Scheunentor knarren hörte. Jemand hatte es geschlossen. Und dann hörte ich Schritte hinter mir.

Ich drehte mich um und sah Thomas Levi, der mich mit seinem wilden Blick anstierte. An seinem schwankenden Gang konnte ich erkennen, dass er betrunken war. Ich wusste nicht, was er wollte, aber mir schwante, dass es nichts Gutes war. Sein wilder Blick erinnerte mich an einen Hengst, der schon zu lange keine Stute mehr gedeckt hatte.

Ich wich ihm aus und fragte, was er in der Scheune zu suchen habe. Dann ging er langsam auf mich zu und begann mich zu bedrängen. Er sagte, ich hätte seine Frau sein sollen, und das Kind, das ich in mir trage, hätte seins sein sollen. Ich erwiderte, ich sei mit Charles verheiratet und liebe nur ihn. Das brachte ihn in Rage und er kam immer schneller auf mich zu. Ich stolperte immer weiter zurück, bis ich an die Scheunenmauer stieß. Er presste mich dagegen, sodass ich mich nicht bewegen konnte. Er stank nach Schweiß und Alkohol, aber auch nach irgendetwas anderem, Grauenhaftem. Ich kann es nicht genau beschreiben, Clarinda, aber ihn umgab ein

Gestank des Bösen, der Fäulnis, wie ein totes Tier, das in der sengenden Sonne verwest.

Bevor ich wusste, wie mir geschah, packte mich Thomas an den Schultern, schleuderte mich herum und warf mich zu Boden. Meine Angst war so groß, dass ich jedes Mal wieder hinfiel, wenn ich versuchte aufzustehen. Es gelang mir einfach nicht, wegzulaufen. Dann zuckte ein selbstgefälliges Grinsen über sein Gesicht und er knöpfte sich die Hose auf. Er sagte, er würde mich nehmen, und dann beugte er sich hinunter und zerriss mein Kleid. Ich schrie und trat nach ihm und versuchte, mich zu befreien. Aber ich war einfach nicht stark genug. Gerade in dem Moment, in dem Thomas sich auf mich werfen wollte, hörte ich, wie das Scheunentor aufging und sah Charles im Eingang stehen.

Noch nie habe ich mich so erleichtert gefühlt, wie in diesem Moment. Charles sah meinen Gesichtsausdruck und meine verweinten Augen und wusste sofort, was Thomas vorhatte. Ohne etwas zu sagen, rannte er mit voller Kraft auf Thomas zu. Thomas ließ von mir ab und wich nach links aus, als Charles ihn gerade packen wollte. Und dann floh er wie ein geölter Blitz aus der Scheune, bevor Charles irgendetwas tun konnte. Charles wollte erst hinterher, aber dann blieb er am Tor stehen und wandte sich zu mir. Ich schwöre, dass ich sehen konnte, wie ihm die Tränen in die Augen schossen. Anstatt Thomas zu verfolgen, kam er zurück zu mir und vergewisserte sich, dass es mir gutging. Und dann hat er dich gesucht und hergebracht.«

»Und jetzt sucht er Thomas?«

Malinda nickte.

»Glaubst du, dass er ihn finden wird?«

Malinda blickte sie mit todernster, eindringlicher Miene an. »Ich weiß es nicht«, sagte sie. »Aber wenn es ihm gelingt, wird er ihn töten.«

Charles zog das Messer, das er immer bei sich trug, öffnete seine Hose und ließ sie bis zu den Knöcheln herunter. Er hielt den Messergriff fest umklammert, starrte in den Himmel und wartete auf ein Zeichen, dass er die richtige Entscheidung traf. Für den Bruchteil einer Sekunde schienen sich die dunklen Wolken zu verziehen und das Mondlicht freizugeben, bevor sie sich wieder schlossen.

Charles hätte schwören können, dass der Mond, in dem kurzen Moment, in dem er durch die Wolken schien, blutrot gefärbt war. Aber er wusste nicht, ob dies das ersehnte Zeichen war, oder nur ein Hirngespinst.

Er nahm es als Omen.

Mit einer raschen Bewegung zog er die Messerklinge über seinen Oberschenkel und spürte sogleich das warme, feuchte Gefühl des tropfenden Blutes, das ihm das Bein hinunterrann.

Der Schnitt in den Oberschenkel war Teil des Rituals, auch wenn niemand genau sagen konnte, warum.

Trotz seiner bescheidenen Herkunft und seiner ärmlichen Lebensweise war Charles' Großvater ein belesener Mann gewesen. Er hatte Charles seine eigenen Gedanken über den Grund mitgeteilt, warum sich eine Person in den Oberschenkel schneiden musste, wenn sie Old Notch-foot anrief.

Seinen Worten zufolge besagte ein griechischer Mythos, dass der Gott Dionysos dem Oberschenkel seines Vaters Zeus, des Götterkönigs, entsprungen sei. Dionysos war das genaue Gegenteil von allen anderen griechischen Göttern. Er war der Gott des Weines, wurde aber auch mit der wilden, ungezügelten Natur des Menschen assoziiert. Seine Anhänger verfielen in wilde Raserei und zerrissen ihre Opfer gelegentlich mit bloßen Händen. In der zivilisierten Kultur der griechischen Antike war Dionysos eine entfesselte, gefährliche Gottheit.

Charles wusste nicht, ob die Vorstellung seines Großvaters zutraf oder nicht, aber sie schien einen Sinn zu ergeben.

Das zählte jetzt aber nicht.

Das Einzige, was jetzt zählte, war die Rache an Thomas Levi für das, was er Malinda angetan hatte.

Charles blickte auf sein blutverschmiertes Bein. Er ließ das Messer zu Boden fallen und fasste mit der Hand in die klaffende Schnittwunde auf seinem Oberschenkel. Ein gewaltiger, stechender Schmerz durchfuhr sein Bein, den er sogleich verdrängte, wissend, dass Malinda weitaus größere Schmerzen erlitten hatte. Nach einigen Sekunden zog er seine Hand zurück, hielt sie sich vors Gesicht und starrte auf seine blutgetränkten Finger.

Das Bild von Malinda, wie sie weinend und mit zerrissenen Kleidern in der Scheune lag, schoss ihm in den Kopf.

Wenn er auch je nur die leisesten Zweifel gehabt hatte, ob er Old Notch-foot anrufen sollte, waren sie mit einem Mal wie weggewischt.

Er wischte sich mit der blutgetränkten Hand über das Gesicht und spuckte auf den Boden.

»Invoco te«, rief er in die Dunkelheit, *»qui odium in meo corde agnosces, qui ultionem petere me scis magis quam spiritum in mea lateria. Inveni eum et facie eum poena dare.«*

Charles sank auf die Knie und wiederholte die rituellen Worte im Geiste immer wieder – die Worte, die so einfach waren und doch eine so große Macht besaßen.

Ich rufe dich an, dich, der du weißt, welchen Hass ich in meinem Herzen trage und welche Rache ich mehr begehre als den Atem in meinen Lungen. Finde ihn und gib ihm seine Strafe.

Die Luft, die Charles umgab, schien sich plötzlich zu verändern; er nahm einen scharfen Brandgeruch wahr, so als sei ein Blitz in einen Baum eingeschlagen. Die Haare in seinem Nacken und auf seinen Armen sträubten sich und er spürte ein brennendes Kribbeln, das ihm den Rücken hochkroch. Seine Augen verdrehten sich und wurden weiß, während er seine Hände zu eisernen Fäusten ballte. Dann begann er am ganzen Körper zu zittern und seine Muskeln brannten wie Feuer.

Charles hatte von Menschen gehört, die epileptische Anfälle erleiden, aber sie waren dabei bewusstlos gewesen. Als Charles spürte, wie sich sein Körper in Krämpfen zu winden begann, wusste er, dass er einen Anfall hatte. Schlimmer noch, er erlebte die Krämpfe bei vollem Bewusstsein.

Charles schrie auf. Irgendetwas war da, etwas, das einige Augenblicke zuvor noch nicht da gewesen war. Es war mächtig, es schäumte vor Raserei und Hass. Im ersten Augenblick verspürte Charles Todesangst. Doch nach wenigen Sekunden verwandelte sich die Angst in Erleichterung und dann in Befriedigung, als ihm eine Ahnung kam.

Thomas Levi versteckte sich in einem Dickicht auf Devil's Ridge. Sein Blick wanderte unruhig umher, stets auf der Suche nach Anzeichen, dass er verfolgt wurde.

Die Einwohner von Smith's Grove hatten diesem Ort den Namen Devil's Ridge gegeben, Teufelskamm, wegen der kleinen Zwillingshügel, die wie Hörner in den Himmel ragten. Es gab sogar Stimmen, die behaupteten, es gebe Geister auf dem Bergkamm, und dass es ein verhexter Ort sei.

Thomas wusste nicht, ob Devil's Ridge verhext war oder nicht, und es scherte ihn auch nicht. Seine einzige Sorge war, in seinem Versteck auszuharren, bis die Luft rein war und er auf seinen Hof zurückkehren konnte.

Weiter reichte sein Plan nicht.

Vielleicht war es auch gar nicht wichtig.

Während er in der Finsternis in seinem Versteck hockte, verfluchte er den Namen Charles Keenan ein ums andere Mal. Am liebsten hätte er Charles gezwungen zuzusehen, wie er Malindas Körper mit Gewalt nahm. Sie hätte seine Frau sein sollen und nicht die Frau dieses diebischen irischen Hurensohns.

Plötzlich vernahm Thomas ein Geräusch und machte vor Schreck einen kleinen Hüpfer. Er bezwang seinen instinktiven Drang wegzulaufen, verharrte unbeweglich in seinem Versteck und starrte in die Dunkelheit. Sein Herz pochte heftig und sein Atem rasselte. Doch dann sah er, dass es nur ein Hirsch war, der durch die Büsche strich. Thomas lachte über seine eigene Schreckhaftigkeit leise in sich hinein. Ihm konnte unmöglich jemand gefolgt sein, und es würde ihn auch niemand finden. Während der Hirsch im Wald verschwand, verwandelte sich Thomas' leises Kichern in das Gelächter eines Mannes, den im tiefsten Inneren nacktes Grauen gepackt hatte.

Sein angsterfülltes Lachen brach abrupt ab, als er an seiner Schulter plötzlich den Griff einer kalten Hand spürte. Ruckartig wandte er sich nach links und sah, wie sich scharfe, schwarze Krallen in seine Schulter gruben. Bevor er einen panikerfüllten Schmerzensschrei aussto-ßen konnte, wurde er auf die Füße gehoben und herumgeschleudert. Die Klaue ließ seine Schulter los und packte ihn mit einer schnellen Bewegung am Nacken.

Thomas blickte in das Gesicht seines Angreifers und stieß einen Schrei des Grauens aus.

Als er in den Augen des Ungeheuers, das seinen Hals umklammert hielt, kurz so etwas wie Vertrautheit aufflackern sah, verebbten seine Angstschreie zu einem panischen Wimmern, das die Gier dieses Ungeheuers aber nur noch weiter zu nähren schien. Ein bösartiges Grinsen und der tiefe Ausdruck einer tranceartigen Befriedigung machten sich auf seiner Fratze breit.

Das Ungeheuer beugte sich vor und griff Thomas mit seiner freien Klaue zwischen die Beine. Welche bevorstehenden Höllenqualen sich Thomas auch immer ausgemalt hatte, sie wurden schlagartig von der grauenhaften Erkenntnis vertrieben, dass dieses Ungeheuer ihn entmannen wollte. Er sah, dass die Klaue des Ungeheuers schwarz leuchtete, etwas, das Thomas selbst in seinem schreckensstarren Zustand völlig unmöglich schien. Plötzlich verspürte er ein ruckartiges Reißen und gleich darauf durchzuckte ihn ein höllischer Schmerz. Mit Entsetzen sah er seinen abgerissenen Penis schlaff in der Klaue des Ungeheuers schwingen.

Thomas brüllte vor Schmerz. Sein Atem wurde flacher, während das Blut aus der klaffenden Wunde zwischen seinen Beinen sprudelte. Es spritzte auf seine Beine und begann, eine große Lache zu bilden. Ungläubig und fassungslos über diesen grauenvollen Angriff starrte Thomas auf den Boden. Dann sah er auf und blickte in die hasserfüllten Augen des Ungeheuers, das seinen Hals zusammendrückte, um sein Leben ohne weitere Verzögerung auszulöschen.

Thomas hustete und spuckte Blut, während er versuchte, um sein Leben zu winseln.

Doch das Ungeheuer drückte nur noch fester zu. Noch in halb umnachtetem Zustand konnte Thomas den Verwesungsgeruch des Todes riechen, als das Ungeheuer zu ihm sprach. Thomas nahm seine Worte nur noch mit seinem erlöschenden Bewusstsein wahr.

Wisse, warum du stirbst.

Während das Leben aus seinem verstümmelten Körper wich, tauchten vor seinem geistigen Auge kurz die Bilder seines Überfalls auf Malinda auf, und da wurde ihm klar, wer dieses Ungeheuer gegen ihn angerufen hatte.

***

Mr. Keenan machte eine Pause. Er wandte sich um und deutete auf eine kleine Hügelgruppe am Horizont.

»Da hinten ist es passiert.«

Ronnie und Sarah folgten Mr. Keenans Blick. Ronnie sah die Zwillingshügel, die wie Teufelshörner in den Himmel ragten. Er hatte früher schon Geschichten über Devil's Ridge und die Geister gehört, die den Ort angeblich verhext hatten, aber er wusste nicht genau, wo sich der Bergkamm befand. Er war halb davon überzeugt gewesen, dass Devil's Ridge das Produkt einer überbordenden Fantasie war und einfach als Hintergrundatmosphäre für die Art von Gruselgeschichten diente, die man sich am Lagerfeuer erzählte.

Mr. Keenan lehnte sich zurück. Aus seinem geheimnisvollen Flüstern wurde wieder seine übliche tiefe, dröhnende Stimme. »Zumindest ist das die Geschichte, die man mir erzählt hat.«

»Dann wollen Sie also sagen, dass Ihr Vorfahre der Grund ist, warum Old Notch-foot hier in Smith's Grove sein Unwesen treibt?«, fragte Ronnie langsam. »Dass es seine Schuld ist?«

»In gewisser Weise könnte man sagen, dass es die Schuld meines Namensvetters gewesen ist. Charles Keenan war so hasserfüllt gegenüber Thomas Levi, für das, was dieser Malinda angetan hatte, dass er nicht bei Verstand war, als er Old Notch-foot anrief. Er wollte einfach, dass Thomas für seine Tat bezahlte und war bereit, alles zu tun, um Rache zu nehmen.« Mr. Keenan hielt kurz inne und zuckte mit den Achseln. »Aber es ist natürlich seine Schuld, dass Old Notch-foot nun hier ist.«

»Ist das nicht eine beeindruckende Geschichte?«, fragte Sarah, wobei eine leichte Ehrfurcht in ihrer Stimme schwang. »Und Mr. Keenan erzählt sie, als sei er leibhaftig dabei gewesen.«

»Danke, Sarah.« Mr. Keenan errötete leicht über dieses Kompliment. »Wenn man eine Geschichte oft genug erzählt, hat man irgendwann das Gefühl, man habe sie selbst erlebt.«

Ronnie merkte, dass Sarah jedes Wort von Mr. Keenans Geschichte glaubte. Er selbst fand sie zwar unterhaltsam, aber hatte so seine Zweifel, was ihren Wahrheitsgehalt betraf.

»So, nun ist es aber Zeit, dass ihr euch wieder an die Arbeit macht. Ich habe fast eine Stunde geplaudert. Euch bleiben nur noch wenige Stunden, bis ihr mit eurem heutigen Pensum an Kürbislaternen fertig seid.«

Nachdem Mr. Keenan gegangen war, wandten sie sich wieder ihrer Arbeit zu und Ronnie hakte weiter Namen auf der Liste ab. Immer wenn Sarah eine Kürbislaterne beschriftet hatte und sie zu den anderen unter das Zeltdach stellte, blickte er nachdenklich hinüber in Richtung Devil's Ridge in der Ferne.

Er fragte sich, was dort wohl geschah, falls der Geist von Thomas Levi durch die Wälder spukte oder falls Old Notch-foot dort nachts sein Unwesen trieb. Bei der Vorstellung, wie der Geist von Thomas Levi durch den Wald irrte und verzweifelt nach seinem abgerissenen Penis rief, so wie der kopflose Reiter in *Die Legende von Sleepy Hollow*, musste er laut lachen.

»Worüber lachst du?«

Ronnie drehte sich um. Sarah sah ihn an, als sei er verrückt geworden.

»Nichts, lassen wir das Thema und schauen wir, dass wir fertig werden.«

Ronnie dachte, dass er vielleicht lieber die Jack-o'-lanterns beschriften sollte, statt die Namen abzuhaken, weil es ihm dann leichter fallen würde, sich auf die vorliegende Aufgabe zu konzentrieren, anstatt auf Devil's Ridge und die komischen Bilder, die ihm durch den Kopf schossen.

Den ganzen restlichen Tag wanderte sein Blick jedoch immer wieder zu den Zwillingshügeln am Horizont, und er konnte nicht aufhören, sich zu fragen, ob Old Notch-foot wirklich existierte.

TEIL VIER:

28. OKTOBER, NOCH DREI TAGE BIS HALLOWEEN

Als Ronnie am nächsten Tag im Pumpkin House eintraf, saß Mr. Keenan mit Rusty auf der Veranda und überwachte die Helfer bei ihrer fleißigen Arbeit für den bevorstehenden großen Tag.

Die Schnitzer saßen an einem großen Klapptisch und verwandelten die Kürbisse mit der Effizienz von Fließbandarbeitern in fratzenhafte Laternen. Die ausgehöhlten und geschnitzten Kürbislaternen wurden auf Schubkarren geladen und zur Rückseite des Hauses gerollt, wo Ronnie und Sarah sie beschrifteten. Die fertig beschrifteten Kürbislaternen vom Vortag waren bereits im Vorgarten aufgestellt. Die Vorbereitungen waren nun halb abgeschlossen, und die unzähligen Kürbislaternen, die bereits den Vorgarten zierten, sahen schon jetzt beeindruckend aus.

Ronnie blickte sich um, konnte Sarah aber nirgendwo entdecken. Er konnte nicht glauben, dass er vor ihr zur Arbeit gekommen war, so eifrig, wie sie ihren Dienst versah.

»Guten Morgen«, bellte Mr. Keenan, als Ronnie auf das Haus zuging. »Warum kommst du nicht auf die Veranda und setzt dich zu mir, während wir hier beide auf Sarah warten. Sie wird heute etwas später kommen.«

Ronnie folgte der Aufforderung und setzte sich neben Mr. Keenan in einen Schaukelstuhl. Der alte Mann rauchte Pfeife und blies gelegentlich blaugraue Ringe in die Luft.

»Rauchen ist eine schlechte Angewohnheit«, sagte er, während er an seiner Pfeife paffte. »Fang gar nicht erst damit an. Manchmal rauche ich morgens oder abends. Es hilft mir beim Nachdenken.«

»Keine Sorge, Mr. Keenan. Das werde ich nicht. Ich hasse es, wenn meine Mutter raucht. Sie hört immer wieder mal damit auf, fängt dann aber jedes Mal wieder an, wenn es ihr gerade nicht gut geht. Sie sagt, es hilft ihr, Stress abzubauen.«

Beinahe wäre ihm herausgerutscht, dass seine Mutter immer dann rauchte, wenn sie Probleme mit Rick hatte, was sie natürlich nie zugab.

Rusty watschelte auf Ronnie zu, legte sich zu seinen Füßen, blickte ihn an und wedelte mit dem Schwanz. Ronnie beugte sich vor und kraulte den alten Hund hinter den Ohren.

»Er mag dich«, grinste Mr. Keenan und sog an seiner Pfeife. »Der alte Rusty ist ein ziemlich guter Menschenkenner.«

Mr. Keenan beugte sich vor und klopfte seine Pfeife gegen das Geländer der Veranda, damit der verbrannte Tabak herausfiel.

Ronnie bemerkte, wie er vor Schmerz kurz das Gesicht verzog, weil er zu viel Gewicht auf sein behindertes Bein gelegt hatte.

»Mr. Keenan, darf ich Ihnen eine persönliche Frage stellen?«

»Alles, was du willst«, antwortete Mr. Keenan und lehnte sich vorsichtig zurück in den Schaukelstuhl, »solange es nicht über Old Notch-foot ist. Wir haben gestern genug über ihn gesprochen.«

Ronnie fand, dass Mr. Keenan noch nicht einmal damit begonnen hatte, seine Neugier über Old Notch-foot zu stillen. »Was ist denn mit Ihrem Bein passiert?«

»Oh, das ist eine alte Verletzung.« Mr. Keenan rieb sich das Bein und grinste. »Eine ständige Erinnerung daran, wie unbesonnen und töricht ich in meiner Jugend war.«

Bevor Ronnie sich nach Einzelheiten erkundigen konnte, kam Sarah auf ihrem Fahrrad herbeigeeilt. Nachdem sie am Haus angekommen war, sprang sie vom Rad und ließ es einfach auf den Boden fallen, anstatt es wie üblich ordentlich gegen die Veranda zu lehnen.

»Tut mir leid, dass ich mich verspätet habe. Ich habe letzte Nacht nicht sehr gut geschlafen.«

Ronnie wusste sofort, dass irgendetwas mit ihr nicht stimmte. Sarah hatte nichts von ihrer üblichen Heiterkeit und hatte ihn kaum begrüßt. Mr. Keenan musste es gespürt haben, denn er schwieg, anstatt sie zu fragen, ob irgendetwas passiert war.

»Du bist nicht zu spät«, sagte Ronnie bei dem Versuch, ihre Stimmung aufzuheitern. »Ich bin nur etwas früher eingetroffen als sonst.«

»Dann lass uns gleich an die Arbeit gehen.«

Ohne auf eine Antwort zu warten, stürmte Sarah in Richtung der Rückseite des Hauses. Ronnie erhob sich zögerlich aus dem Schaukelstuhl, um ihr zu folgen. Als er um die Ecke ging, warf er einen kurzen Blick zurück auf die Veranda und sah, dass Mr. Keenan irritiert und besorgt dreinblickte.

Sarah hatte bereits beschlossen, dass sie damit anfangen würde, die Namen abzuhaken. Ronnie ging zum Tisch, nahm den schwarzen Filzstift und begab sich anschließend zu den Kürbislaternen, die sie an diesem Tag beschriften mussten.

»Wer ist der Erste auf der Liste?«, fragte er, nicht ohne die Erwartung, dass sie ihn anblaffen würde.

Zu seiner großen Überraschung las Sarah mit ruhiger Stimme den ersten Namen auf der Liste vor, als ob nichts ihre gute Stimmung getrübt hätte. Sie arbeiteten ungefähr eine halbe Stunde schweigsam vor sich hin. Es herrschte eine unbehagliche Stille, genau das Gegenteil von dem entspannten Einvernehmen, das beide seit dem ersten Tag ihrer Begegnung verspürt hatten.

Schließlich hielt es Ronnie nicht mehr aus. Sarah tat so, als sei alles wie immer, aber er spürte, dass irgendetwas auf ihr lastete. Er mochte sie viel zu gerne, als dass er es einfach akzeptiert hätte, ohne zu versuchen, den Grund für ihre Verstimmung herauszufinden.

»Gut, Sarah, genug ist genug.« Ronnie legte den Filzstift auf den Tisch und setzte sich neben sie. »Heraus damit.«

»Wovon redest du?«

Zuerst dachte Ronnie, ihr verblüffter Gesichtsausdruck sei nur gespielt, aber dann wurde ihm klar, dass er echt war und sie wirklich nicht wusste, wovon er redete.

»Was ist heute nur los mit dir? Du wirkst richtig schlecht gelaunt, so wie es mir neulich ging.«

»Es ist nichts, Ronnie«, erwiderte Sarah und stieß einen leicht entnervten Seufzer aus. »Nur die Vergangenheit, die mich wieder mal verfolgt.«

»Letztes Mal hast du gesagt, man fühle sich besser, wenn man darüber spricht.«

Sarah bemerkte seinen entschlossenen Gesichtsausdruck, mit dem er ihr zu verstehen gab, dass er nicht lockerlassen würde.

»Also gut. Manchmal kann ich nachts nicht schlafen. Mein Kopf kann nicht abschalten, auch wenn mein Körper vor Erschöpfung nach Ruhe schreit. Ich glaube, das ist eine Art Folge meines bisherigen Lebens. Bis letztes Jahr gab es zahllose Nächte, in denen ich wach lag, meine Nerven zum Zerreißen angespannt, und panische Angst vor den Dingen hatte, die in der Dunkelheit geschehen könnten. Letzte Nacht dachte ich darüber nach, wie anders mein Leben jetzt ist als noch im letzten Jahr. Letztes Jahr war ich verwirrt, verängstigt und zornig, und ich spürte, wie eine zerstörerische Macht in mir aufstieg. Ich wusste aber nicht, gegen wen sich meine negativen Gefühle richteten.« Sarah hielt einen Moment inne und wandte ihren Blick von Ronnie ab. Als sie ihn wieder ansah, schimmerten Tränen in ihren Augen. »Meine größte Angst war, dass ich diese zerstörerische Kraft gegen mich selbst richten würde.«

Ronnie schwieg und wartete, dass sie weitersprechen würde. Zum ersten Mal, seit er sie kennengelernt hatte, wirkte Sarah verletzlich und verängstigt wie ein kleines Kind, das seine Eltern verloren hat und nicht weiß, was es tun soll.

Letzte Nacht fing ich an, über Dave nachzudenken. Ich weiß nicht genau, warum. Vielleicht war es wegen der Dinge, die deine Mutter gerade durchmacht. Ich weiß es nicht.«

»Wer ist Dave?«

»Dave war mein Vater.«

»Du meinst, dein Stiefvater?«, fragte Ronnie leicht verdutzt.

»Nein, Dave war mein leiblicher Vater.«

»Und warum nennst du deinen leiblichen Vater Dave?« Für einen kurzen Augenblick bahnten sich Gedanken über seinen eigenen Vater ihren Weg, aber Ronnie wischte sie beiseite und konzentrierte sich wieder auf Sarah.

»Erinnerst du dich, dass ich dir erzählt habe, dass mir jemand etwas Schreckliches angetan hat?«

Ronnie nickte zögerlich und bereitete sich auf das vor, was sie ihm erzählen würde.

»Dieser Jemand war Dave.«

Sarahs harter, emotionsloser Blick war in die Ferne gerichtet. Dieser stählerne Blick erinnerte Ronnie an alte Clint-Eastwood-Filme, die er zusammen mit seinem Großvater gesehen hatte.

Obwohl Sarah den Eindruck machte, als sei alles in Ordnung, streckte Ronnie behutsam die Hand aus und legte sie ihr auf die Schulter. Er hoffte, ihr mit dieser Geste zu verstehen zu geben, dass er für sie da war, und zwar für immer, auch wenn er nicht wusste, woher er das wusste.

»Was ist passiert, Sarah?«

Einige Tage zuvor hätte Ronnie es nicht gewagt, diese Frage zu stellen, geschweige denn, diese Unterhaltung mit Sarah zu führen. Er hätte das Gefühl gehabt, in ihre Privatsphäre einzudringen. Ansonsten hätte sie sich ihm von allein offenbart. Schon bei ihrem ersten Treffen hatte er augenblicklich eine Verbindung zu Sarah verspürt, aber sie war noch nicht stark genug gewesen, um eine so direkte Frage zu stellen.

Aber vielleicht hatte diese enge Verbindung von Anfang an zwischen ihnen bestanden, dachte Ronnie, und er hatte es nur nicht erkannt oder verstanden.

Er merkte, dass Sarah ihn besorgt ansah, so als mache sie sich mehr Gedanken um ihn als darüber, ihm ihre Geschichte zu erzählen.

»Ich will es dir erzählen, Ronnie, aber ich möchte nicht, dass du schlecht über mich denkst.«

Ronnie konnte sich nicht vorstellen, dass irgendetwas seine Meinung über Sarah verändern könnte. Sie war anders als alle Menschen, die er je kennengelernt hatte; sie war hilfsbereit und lebensfroh.

»Ich würde nie schlecht über dich denken«, versicherte ihr Ronnie.

»Gut«, sagte Sarah und schluckte einen riesigen Klumpen in ihrem Hals. »Aber du musst mir versprechen, dass du deine Meinung über mich nicht ändern wirst.«

Ronnie hob seine Hand. »Ich schwöre es.«

»Meine Eltern lernten sich nach der Highschool kennen. Sie waren für einige Monate ein Paar, dann wurde Mom schwanger und sie heirateten. Mom war in Smith's Grove aufgewachsen. Dave stammte aus Columbus und hatte dort Familie. Nach der Hochzeit beschlossen sie, nach Columbus zu ziehen, weil die Arbeit dort besser bezahlt war. Einige Monate nach dem Umzug wurde ich geboren.« Sarah hielt einen Moment inne, als wisse sie nicht genau, wie sie fortfahren sollte.

»Ronnie«, fragte sie schließlich. »Welches ist deine früheste Erinnerung?«

»Was meinst du?«

»Was ist das erste Ereignis aus deiner Baby- oder Kleinkindzeit, an das du dich erinnerst?«

Ronnie musste einen Moment überlegen, bis ihm etwas einfiel.

»Ich glaube, das Erste, woran ich mich erinnern kann, stammt aus der Zeit, als ich ungefähr zwei oder drei Jahre alt war. Mom hatte ein altes schwarzes Fahrrad mit einem gelben Kindersitz, auf dem sie mich immer mitnahm. Eines Tages fuhren wir auf dem Fahrradweg neben der Fahrbahn über eine Brücke. Aus irgendeinem Grund verlor Mom das Gleichgewicht. Das Fahrrad fiel so unglücklich um, dass der Kindersitz halb auf die Fahrbahn ragte. In dem Moment fuhr ein Auto vorbei, nur wenige Zentimeter vor meinem Kopf. In der letzten Sekunde machte es einen Schlenker und krachte frontal auf ein entgegenkommendes Auto. Mom riss mich aus dem Kindersitz und hielt mich so fest an ihre Brust gepresst, dass ich dachte, sie würde mich zerquetschen. Dabei weinte sie und drückte mich immer wieder.«

»Du musst zu Tode erschrocken gewesen sein.«

»Ja, ich war zwar noch ganz klein, aber ich erinnere mich, dass ich schrie wie am Spieß. Mom war zwar selbst völlig außer sich, aber irgendwie gelang es ihr, mich zu beruhigen. Ihre feste Umarmung gab mir das Gefühl von Sicherheit und ließ mich wissen, dass alles gut werden würde.« Ronnie machte eine Pause. In seiner Erinnerung durchlebte er noch einmal diese schreckerfüllten Momente aus seiner frühesten Kindheit. »Warum wolltest du das wissen?«

»Ich weiß nicht mehr, wie alt ich war, aber das Erste, woran ich mich erinnern kann, ist, dass Dave mich da berührte, wo ein Vater seine Tochter nicht berühren sollte. In vielerlei Hinsicht jagte es mir Angst ein, so wie du dich wahrscheinlich gefühlt hast, als dich das Auto knapp verpasste. Vor allem aber fühlte ich mich schmutzig und angeekelt, so als hätte ich wochenlang in vollen Windeln herumgesessen und der Dreck sich so tief in meine Haut gefressen hatte, dass ich mich nie wieder sauber fühlen konnte. Ich weiß zwar nicht mehr, wie alt ich war, aber ich war noch ziemlich klein, weil ich dieses Schmutzige-Windel-Gefühl hatte.«

Ronnie nahm sachte seine Hand von Sarahs Schulter, aus Sorge, die Berührung könne ihr Unbehagen bereiten. Sie nahm jedoch seine Hand, legte sie wieder zurück auf ihre Schulter und legte ihre Hand auf seine.

»Kein Problem, das ist okay.«

Ronnie fragte sich, wie Sarah so mühelos seine Gedanken aussprechen konnte. Manchmal konnte er seine Gedanken selbst nicht verstehen, und noch weniger konnte er sie angemessen mitteilen.

»Das war das erste Mal. Danach gab es noch unzählige weitere Male. Es geschah nicht jeden Tag, anfangs war es vielleicht drei oder vier Mal pro Jahr. Als ich zehn oder elf war, geschah es immer öfter, vielleicht zwei oder drei Mal pro Monat. Ich habe es nicht fertiggebracht, meiner Mutter davon zu erzählen. Es ist komisch, aber ich glaube wirklich, dass Dave Mom liebte und gut zu ihr war. Er schlug sie nicht und schrie sie auch nie an.

Aber da schlummerte dieses Ungeheuer in ihm, das ihn dazu brachte, mir diese schrecklichen Dinge anzutun.

Vor eineinhalb Jahren zogen wir zurück nach Smith's Grove. Dave hatte seine Arbeit verloren und konnte in Columbus keine neue finden. Mom schlug vor, wir sollten nach Smith's Grove zurückkehren, vielleicht würde er hier mehr Glück haben. Also kamen wir hierher, und dann fanden beide Arbeit. Nach ungefähr sechs Monaten wurde Dave aber von der Glasfabrik, bei der er arbeitete, entlassen. Da Mom ihren Job behalten hatte, beschlossen sie, hierzubleiben und zu warten, bis Dave eine neue Stelle gefunden hatte.

Nachdem er seine Arbeit verloren hatte, tat er mir immer schlimmere Dinge an, und er tat es immer öfter, weil wir allein zu Hause waren. Ich konnte es Mom nicht erzählen. Ich war nicht einmal sicher, ob sie mir geglaubt hätte. Letztes Jahr im Oktober hörte ich vom Pumpkin House und dass man sich dort engagieren konnte. Ich fragte, ob ich mitmachen dürfe. Der Hauptgrund war, dass ich dadurch in den Herbstferien von zu Hause und von Dave wegkam. Mom war einverstanden. Dave sagte natürlich nein. Aber er konnte keinen guten Grund für seine Ablehnung nennen, daher ließ er mich am Ende mitmachen.

In der Woche, in der ich Mr. Keenan half, konnte Dave mir nichts tun. Das war die glücklichste Zeit meines Lebens, an die ich mich erinnern kann.«

Sarah hielt inne und schloss die Augen. Sie atmete tief durch und in ihren Mundwinkeln zeichnete sich ein leises Lächeln ab. Sie wirkte, als verspüre sie erneut das Gefühl von Sicherheit und Unantastbarkeit, das sie in der einen Woche empfunden hatte, in der sie sich von Daves Missbrauch hatte befreien können. Ronnie versuchte sich vorzustellen, wie das Gefühl der Erleichterung, der Sicherheit und der wiederhergestellten kindlichen Unschuld Sarah im vergangenen Oktober durchdrungen hatte – ein Gefühl, das ihr bis dahin so fremd gewesen war, nach dem sie sich so lange gesehnt hatte und das sie dankbar annahm.

Allerdings konnte er ihr Leid nicht im Ansatz nachempfinden. Nie hatte er etwas Ähnliches erlebt, das sich mit dem Grauen vergleichen ließ, das ihr eigener Vater ihr zugefügt hatte.

»Und was ist dann passiert?«, fragte Ronnie schließlich.

Sarah öffnete die Augen und blickte ihn an, als sei sie soeben aus einem Traum erwacht.

»Je näher die Halloween-Nacht rückte, desto unruhiger und besorgter wurde ich, weil ich wusste, dass ich nicht mehr länger im Pumpkin House bleiben und Dave entkommen konnte. Ich wusste nicht, ob ich weiter zulassen würde, dass er mir diese Dinge antat. Ich hatte das Gefühl, ich würde ersticken oder ertrinken. Ich wollte dafür sorgen, dass es *nie wieder* geschehen würde.«

Sie hielt inne, als sei sie sich nicht sicher, ob sie weitererzählen sollte.

»Dafür sorgen, dass es nie wieder geschieht – aber wie, Sarah?« Ronnie fürchtete sich vor Sarahs Antwort, aber er wollte es unbedingt erfahren.

»Entweder ich würde *ihn* töten oder ich würde *mich selbst* töten.«

Zwar hatte Ronnie wiederholt das Bedürfnis verspürt, Rick dafür umzubringen, dass er seine Mutter schlug, aber es war ihm nie in den Sinn gekommen, sich selbst umzubringen. Allerdings hatte er auch nie etwas erlebt, dass sich auch nur annähernd mit dem vergleichen ließ, was Sarah erlitten hatte.

An ihrer Stimme und ihrem Gesichtsausdruck konnte er erkennen, dass es ihr bitterernst war.

»Was hat dich davon abgehalten, ihm oder dir selbst etwas anzutun?«

»Genau zu dem Zeitpunkt, als ich dachte, dieses Dilemma würde mich um den Verstand bringen, starb Dave.«

Ronnie fiel auf, dass in Sarahs Stimme nicht das leiseste Bedauern oder ein Anflug von Trauer mitschwang, und er konnte es ihr nicht verübeln. Für den Bruchteil einer Sekunde befürchtete er allerdings, Sarah hätte ihren Vater tatsächlich umgebracht.

»Hm … Sarah, wie ist er … du weißt schon?«

»Keine Sorge«, winkte Sarah mit einem leisen Lachen ab. »Ich habe ihn nicht umgebracht. Er hatte einen Herzinfarkt. Als er tot war, hatte ich das Gefühl, mir wäre ein neues Leben geschenkt worden, ein neuer Start oder so etwas.«

Sarah blickte hinunter auf ihre Flipflops mit den lila Sternen.

»Weißt du, warum ich die ganze Zeit diese Flipflops trage, diese albernen Dinger, die so aussehen, als würden sie einer Fünfjährigen gehören? Sie helfen mir, mich daran zu erinnern, dass ich ein Kind bin. Manchmal brauchen Kinder eine kleine Erinnerung, dass sie Kinder sind, weil sie ihre Unschuld und Arglosigkeit aus den Augen verlieren.«

Ronnie fühlte sich ein wenig schuldbewusst. Als er Sarah das erste Mal mit diesen Flipflops gesehen hatte, fand er es merkwürdig, dass sie diese Kindersandalen trug. Aber nun konnte er verstehen, warum sie so an ihnen hing. »Ja, das klingt einleuchtend.«

Ronnie sah, dass sich Sarahs Augen mit Tränen füllten, und merkte, wie auch ihm die Tränen hochkamen.

»Ich bin froh, dass du mein bester Freund bist, Ronnie.«

Bis zu diesem Satz hatte Ronnie Sarah nicht als seine beste Freundin betrachtet. Sein bester Freund, das war für ihn immer Eddie Matthews gewesen. In den vergangenen Tagen hatte er zu Sarah jedoch eine größere Nähe entwickelt als er jemals zu Eddie hatte, auch wenn sie sich seit dem ersten Schuljahr kannten. Ronnie beugte sich zu Sarah und nahm sie fest in den Arm.

»Ich bin auch froh, Sarah«, flüsterte er in ihr Ohr, und dabei rannen ihm Tränen übers Gesicht. »Ich bin auch froh.«

Nach einigen Sekunden löste sich Sarah aus seiner Umarmung und wischte sich die Tränen aus den Augen.

»Lass uns weiterarbeiten. Wenn wir unser heutiges Pensum nicht schaffen, wird Mr. Keenan uns rausschmeißen.«

Ronnie lachte und reichte ihr die Namensliste.

»Okay, wer ist der Nächste?«

***

Den restlichen Tag arbeiteten sie ohne Pause. Sie hatten fast eineinhalb Stunden über Sarahs Vergangenheit gesprochen und wollten mit ihrer Arbeit nicht in Verzug geraten. Anders als an den bisherigen Tagen flogen die Buchstaben des Alphabets nur so an ihnen vorbei.

Nach einigen Stunden erreichen Sie den Buchstaben *L*. Sarah hakte die Namen ab, und Ronnie musste lächeln, weil sie keinen Versuch unternahm, ihm seinen Scherz heimzuzahlen, als er einige Tage zuvor so getan hatte, als lasse er ihren Namen aus.

Als er eine mittelgroße Jack-o'-lantern mit seinem eigenen Namen beschriftete, hatte er plötzlich das Gefühl, als würde er von einer diffusen Angst gepackt. Aus irgendeinem Grund versetzte ihn die Vorstellung, Old

Notch-foot könnte in der Halloween-Nacht kommen und seine Seele holen, wenn er keine Kürbislaterne mit seinem Namen hätte, in Panik. Seine Vernunft sagte ihm, seine Angst sei absurd, weil Old Notch-foot lediglich eine Erfindung von Mr. Keenan sei, der diese Geschichte einfach gerne erzählte. Sie bot dem alten Mann eine prima Ausrede für die theatralische Art und Weise, mit der er das Pumpkin House zu einem geheimnisumwitterten Ort machte und dem ganzen Spektakel etwas Lebendiges verlieh, weil er die Einwohner von Smith's Grove angeblich vor irgendeinem Halloween-Dämon schützte, den sein Großvater hundert Jahre zuvor angerufen hatte.

Das war eine gute Geschichte für einen Roman, aber so etwas gab es nicht im echten Leben.

Der nächste Name, den Sarah vorlas, war Stephanie Lancaster, Ronnies Mutter. Als Ronnie begann, ihren Namen auf die Unterseite einer Kürbislaterne zu schreiben, zogen sich seine Augenbrauen aus Wut und Sorge zu einem finsteren Balken zusammen.

Sarah bemerkte den Ausdruck der Verzweiflung in seinem Gesicht. »Wie geht es deiner Mutter?«

Ronnie zuckte gleichgültig mit den Achseln. Nachdem er die Kürbislaterne beschriftet hatte, brachte er sie zu den anderen unter das Zeltdach. Dort ließ er sie fallen und stapfte davon. Der Kürbis rollte auf die Seite und blieb liegen.

Sarah ging hinüber und richtete die umgefallene Kürbislaterne sachte wieder auf. Ronnie war inzwischen wieder beim Tisch angekommen und warf den Filzstift hin. Sarah stellte sich herausfordernd vor ihn, als Zeichen, dass sie keine Ruhe geben würde, bis er ihre Frage beantwortet hatte.

»Du bist wirklich der hartnäckigste Mensch, den ich kenne«, sagte Ronnie lächelnd und schüttelte den Kopf. »Na gut, ich erzähle es dir.«

Sein Lächeln wich einem missmutigen Gesichtsausdruck, als er mit den jüngsten Ereignissen herausrückte.

Nach wortreichem Flehen und Schwüren, dass er sich ändern würde, hatte seine Mutter Rick zurückgenommen. Sie war sogar so weit gegangen, Ronnie zu versichern, dass diesmal alles anders sein würde. Aber Ronnie hatte das alles schon gehört und wusste es besser, auch wenn seine Mutter es einfach nicht sehen konnte. Schließlich waren sie wegen Rick in Streit geraten. Als Ronnie seine Mutter sagen hörte, Rick würde sich ändern und mit dem Trinken aufhören, war Ronnie explodiert. Er fragte sie, warum sie ihn immer wieder zurücknehmen würde, und sagte, sie bräuchten ihn überhaupt nicht. Seine Mutter flüchtete sich in die üblichen Ausreden. Sie sagte, Rick würde sie finanziell unterstützen und diesmal würde er sich wirklich ändern. Ronnie müsse ihm einfach nur eine zweite Chance geben.

Ronnie erzählte, wie er sich vor dem fürchtete, was er zu Rick sagen oder ihm antun könnte. Und dass er sich fühle wie in der Ruhe vor dem Sturm.

»Was meinst du damit?«, fragte Sarah, als er fertig erzählt hatte.

»Im Moment benimmt er sich vorbildlich, weil sie sich gerade wieder versöhnt haben. Aber er trinkt immer noch, obwohl Mom behauptet, dass er damit aufgehört hat. Ich sage dir, Sarah, ich habe ein ganz schlechtes Gefühl. Ich habe die Vorahnung, dass Mom etwas Schreckliches passieren wird, sobald Rick aufhört, den »vorbildlichen Freund« zu spielen und sich wieder aufführt wie immer. Das Ganze hat sich zu lange aufgestaut.«

Sarah schwieg. Vielleicht wegen der Dinge, die sie ein Jahr zuvor mit ihrem Vater erlebt hatte, konnte sie spüren, wenn sich ein Sturm zusammenbraute.

Stumm saßen sie nebeneinander. Für mehrere Minuten wusste keiner von beiden, was er sagen sollte. Dann beschlossen sie, für diesen Tag ihre Arbeit zu beenden. Als sie den letzten Namen auf die letzte Kürbislaterne schrieben, waren sie schon fast am Ende der Namen, die mit *L* begannen. Der letzte Name gehörte Roanna Lowery, der liebenswürdigen, freundlichen Bibliothekarin der Middle School.

Als sie sich verabschiedeten, hielt Sarah Ronnie kurz an, bevor er mit dem Fahrrad in die entgegengesetzte Richtung nach Hause fuhr.

»Ich möchte mich bei dir entschuldigen, Ronnie.«

»Für was?«, fragte Ronnie verdutzt. Er konnte sich nicht vorstellen, wofür sie sich entschuldigen musste.

»Ich war so damit beschäftigt, den ganzen Schmutz aus meiner Vergangenheit auszugraben, dass ich vollkommen vergessen habe dich zu fragen, wie es deiner Mutter geht. Ich hätte mich schon früher erkundigen sollen, und es tut mir leid. Beste Freunde sollten sich anders verhalten.«

Ronnie lächelte Sarah an. Er war beeindruckt von ihrer Selbstlosigkeit und Rücksichtnahme.

»Mach dir keine Gedanken, Sarah. Das ist kein Problem.«

Dann fuhren sie auf die Miller's Road, jeder in seine Richtung. Ronnie hatte ungefähr hundert Meter zurückgelegt, als er anhielt und sich nach Sarah umsah. Zu seiner Überraschung hatte sie ebenfalls angehalten und sich nach ihm umgedreht. Sie winkten sich noch einmal zu und fuhren nach Hause. Beide freuten sich bereits auf das Wiedersehen am nächsten Tag.

TEIL FÜNF:

29. OKTOBER, NOCH ZWEI TAGE BIS HALLOWEEN

Am nächsten Tag traf Ronnie erst wenige Minuten nach zwölf im Pumpkin House ein. Als er um die Ecke des Farmhauses bog, war Sarah schon fleißig dabei, Kürbislaternen zu beschriften. Mr. Keenan half ihr. Zwar war Ronnie nur ein freiwilliger Helfer, aber dennoch fühlte er sich – trotz der schrecklichen Ereignisse des Vorabends – wegen seiner Verspätung ein wenig schuldig, so als habe er Sarah und Mr. Keenan versetzt.

»Ich entschuldige mich dafür, dass ich so spät bin, Mr. Keenan«, sagte Ronnie mit aufrichtigem Bedauern. Seine Stimme klang sehr niedergeschlagen. Mit besorgter Miene blickte Mr. Keenan auf. Der alte Mann schien zu spüren, dass irgendetwas nicht stimmte, aber offenbar wollte er Ronnie nicht bedrängen. Er stand einfach auf, ergriff seinen Stock und reichte Ronnie die Namensliste.

»Alles gut. So hatten Sarah und ich die Möglichkeit, uns ein wenig zu unterhalten. Wenn ihr irgendetwas braucht, sagt mir Bescheid.«

Mr. Keenans Blick ruhte einen Moment lang prüfend auf Ronnie, als wolle er ihm zu verstehen geben, dass sein letzter Satz hauptsächlich an ihn gerichtet war.

Als Mr. Keenan gegangen war, bombardierte Sarah Ronnie mit Fragen. Sie wollte wissen, ob alles in Ordnung war, und warum er sich so verspätet hatte.

Ronnie warf einen kurzen Blick auf die unbeschrifteten Kürbislaternen, um zu sehen, wie viele noch übrig waren. Sarah und Mr. Keenan hatten sich sehr angestrengt. Für diesen Tag waren nur noch etwa dreißig oder vierzig Jack-o'-lanterns zum Beschriften übrig.

Als Ronnie die Namensliste und den Filzstift auf den Tisch legte, kam Sarah und setzte sich neben ihn.

Ronnie hatte Mühe, einen Anfang zu finden, weil er von den Ereignissen des vergangenen Abends noch immer wie betäubt war. Sarah legte ihm tröstlich die Hand auf den Arm. Ronnie blickte auf und sah, dass sie ihn beruhigend und zugleich aufmunternd anlächelte, als wolle sie sagen, alles werde ein gutes Ende nehmen.

Ronnie war sich da allerdings nicht so sicher.

»Gestern Abend sind Mom und Rick essen gegangen. Keine Überraschung, aber als sie nach Hause kamen, stritten sie. Ich lag in meinem Zimmer und sah Fernsehen, als ich hörte, wie Rick mit dem Pick-up in die Einfahrt fuhr. Ich konnte sie schon streiten hören, noch bevor sie durch die Tür gekommen waren. Aber es klang nicht so ernst, deswegen stellte ich einfach den Fernseher lauter, weil ich es nicht hören wollte. Ich dachte, das sei nur ihr übliches Gezänk.« Ronnie machte eine Pause und die Tränen schossen ihm in die Augen. »Da hatte ich mich allerdings getäuscht. Der Streit wurde immer schlimmer. Rick begann, furchtbare Dinge über mich und meinen Dad zu sagen, dass ich nichts wert sei, genau wie mein Dad, und dass ich mich für etwas Besseres halten würde. Habe ich dir von Dad und Rick erzählt?«

Sarah schüttelte den Kopf.

»Das Komische ist, dass sie in ihrer Jugend eng befreundet waren. Eher deswegen, weil sie so nahe beieinander wohnten, als wegen gemeinsamer Interessen, aber sie waren im selben Viertel aufgewachsen. Als sie auf die Middle School gingen, ging ihre Freundschaft auseinander. Sie sind dann in unterschiedlichen Cliquen gelandet. Du weißt, wie das ist. Ich glaube, Rick hasste meinen Vater immer dafür, dass ihre Freundschaft auseinandergegangen war. Zumindest hegte er einen Groll. Vielleicht war er deswegen so darauf erpicht, mit meiner Mutter auszugehen, kaum dass mein Vater weg war, so als würde er sich an ihm rächen.

Gestern Abend, als Rick erst auf meinem Vater und dann auf mir herumhackte, gab Mom nicht klein bei, wie sie es sonst immer gemacht hat. Ich glaube, sie hatte endlich genug von Rick und sah, wie niederträchtig und gemein er ist. Diesmal wollte sie ihn wirklich loswerden. Ich wünschte, sie hätte das schon früher erkannt. Vielleicht wäre sie dann jetzt nicht im Krankenhaus.«

»Oh nein, Ronnie, was ist passiert?«

Bevor ich wusste, was eigentlich los war, hörte ich Schläge, Schreie und Schluchzen, und ich hörte, wie Dinge zerschmettert wurden. Ich war so schockiert von dem Krach, der aus dem Wohnzimmer drang, dass ich wie gelähmt war. Tief in meinem Inneren wusste ich immer, dass Rick meine Mutter eines Tages übel zurichten würde. Aber als es schließlich geschah, konnte ich es nicht glauben. Ich versuchte, mich aus dem Bett zu erheben, aber meine Beine wollten einfach nicht gehorchen. Ich weiß nicht, wie lange ich regungslos dasaß – vielleicht waren es Sekunden, vielleicht Minuten. Alles, was ich weiß, ist, dass es mir wie eine Ewigkeit vorkam. Und die ganze Zeit konnte ich nichts anderes tun als zuzuhören, wie meine Mutter halbtot geschlagen wurde.

Ronnie hielt einen Moment inne. In seinen Augen spiegelte sich tiefe Scham. Stumm flehte er Sarah an, ihm zu glauben.

»Als die Haustür zuschlug und ich die quietschenden Reifen von Ricks Truck hörte, konnte ich mich endlich wieder bewegen und ich rannte ins Wohnzimmer.

Es war furchtbar, Sarah. Ich traute meinen Augen nicht. Überall lagen Glassplitter herum. Rick hatte meine Mutter in eine Vitrine gestoßen, in der sie ihre Souvenirs und Nippes-Figuren aufbewahrt. Alles lag in Scherben. Man konnte gar nicht mehr sagen, welche Teile zusammengehörten. Mom lag regungslos auf dem Boden. Ihr Gesicht war geschwollen und blutverschmiert, und es bildeten sich bereits blaue Flecken. Ich weiß nicht, ob Rick sie mit Fäusten oder Fußtritten traktiert hat, als sie schon am Boden lag, aber er hat sie übel zugerichtet. Ihr rechtes Auge war vollkommen zugeschwollen und aus ihrem linken Auge tropfte Blut.

Ich war so schreckensstarr, dass ich es nicht wagte, sie zu bewegen oder auch nur anzurühren. Ich schrie sie ein paar Mal an und versuchte, sie wachzumachen, aber sie reagierte nicht. Ich dachte, sie sei tot. Doch dann merkte ich, dass sie ganz flach, aber rasselnd atmete. Ich rannte in die Küche und rief den Notarzt an. Und dann lief ich zurück ins Wohnzimmer.

Die zehn Minuten, bis die Polizei und die Rettungssanitäter eintrafen, schienen mir wie eine Ewigkeit. Ich habe mich vollkommen hilflos gefühlt, weil ich nichts tun konnte, um sie aus der Bewusstlosigkeit zu holen. Aber vor allem habe ich mich schuldig gefühlt, weil ich nicht verhindert habe, dass Rick sie krankenhausreif geschlagen hat. Ich war so schockiert und erschrocken über das, was passiert war, dass ich wie gelähmt war.«

Sarah warf ihm einen beschwichtigenden Blick zu, um ihm zu verstehen zu geben, er müsse sich keine Vorwürfe machen. Ronnie fühlte sich jedoch, als würde er nur so triefen von Schuldgefühlen, so als habe er sich soeben aus einem Abwasserrohr befreit, in dem er wochenlang gefangen war, und nun würde die stinkende Flüssigkeit an ihm hinabrinnen.

»Zuerst kam der Notarztwagen. Während die Rettungssanitäter ihr alle möglichen Infusionen legten, sie an Maschinen anschlossen und versuchten, die Blutungen zu stoppen, traf die Polizei ein. Einer der Polizisten nahm mich zur Seite und sagte mir, ich solle mir keine Sorgen machen, meine Mutter würde durchkommen. Schließlich gelang es ihnen, sie so weit zu stabilisieren, dass sie sich wieder bewegte. Ich fuhr mit dem Polizisten zum Krankenhaus. Der Polizist fragte mich, ob ich gesehen hätte, wie Rick meine Mutter zusammenschlug. Ich sagte ihm, nein, das hätte ich nicht, aber ich hätte zuvor schon zahllose Male miterlebt, wie er sie schlug. Dann fragte er mich, ob ich mit eigenen Augen gesehen hätte, dass es Rick war, mit dem meine Mutter gestritten hatte. Es kostete mich große Überwindung, aber ich musste zugeben, dass ich ihn nicht gesehen hatte. Seinem Blick konnte ich entnehmen, dass die Gefahr bestand, dass Rick ungestraft davonkommen würde, falls meine Mutter ihn nicht anzeigte.

Als wir im Krankenhaus ankamen, blieb er mit mir zusammen im Wartezimmer. Ungefähr eine Stunde später kam der Arzt heraus und sagte, Mom habe zwei gebrochene Rippen und eine Gehirnverwirrung.«

»Meinst du eine Gehirnerschütterung?«, fragte Sarah.

Ronnie nickte.

»Das ist so etwas wie eine Gehirnprellung oder Gehirnverletzung. Vor ein paar Jahren erlitt mein Onkel bei einem Autounfall eine Gehirnerschütterung.«

»Der Arzt sagte, meine Mutter müsse für einige Tage im Krankenhaus bleiben, damit die Schwellung ihres Gehirns abklingt. Der Polizist fragte den Arzt, ob meine Mutter bei Bewusstsein sei und ob er mit ihr sprechen könne. Der Arzt zögerte erst, aber dann sagte er, das dürfe er, solange er sie nicht mit Fragen unter Druck setze, denn sie dürfe sich nicht aufregen.

Zehn Minuten später kam der Polizist zurück. Ich konnte an seinem Gesichtsausdruck erkennen, dass das Gespräch mit Mom nicht so verlaufen war, wie er es sich erhofft hatte. Er setzte sich neben mich und stieß einen besorgten Seufzer aus. Er sagte, Mom sei nicht kooperationsbereit gewesen. Sie habe ihm nicht sagen wollen, was passiert sei, und wer sie so zusammengeschlagen habe. Er glaubte, sie sei zu verängstigt gewesen, um Rick festnehmen zu lassen oder wenigstens eine Einstweilige Verfügung zu erwirken.«

»Was ist eine Einstweilige Verfügung?«

»Das heißt in diesem Fall, dass sie einen Antrag stellt und der Richter dann anordnet, dass er sich ihr nicht nähern, keinen Kontakt zu ihr aufnehmen und sich an bestimmten Orten nicht aufhalten darf. Der Polizist glaubte allerdings, Mom fürchte sich, Rick könne sich an ihr rächen und ihr noch Schlimmeres zufügen, falls sie Anzeige erstatten würde. Ich kann mir nicht vorstellen, was noch schlimmer sein könnte, als sie zu töten. Der Polizist sagte mir, bei Missbrauchsbeziehungen komme es öfter vor, dass die Opfer so große Angst vor dem Täter haben, dass sie sich selbst dann nicht an die Behörden wenden, wenn diese sie schützen könnten. Der Polizist sagte auch, wenn Mom keine Anzeige erstatten oder wenigstens eine Einstweilige Verfügung beantragen würde, käme Rick ungeschoren davon, weil es keinen unmittelbaren Zeugen dafür gebe, dass er es war, der sie zusammengeschlagen hat.

Ich fühle mich wie der letzte Dreck. Wenn ich nur mein Zimmer verlassen hätte, als sie nach Hause kamen, oder ins Wohnzimmer gelaufen wäre, als Rick begann, auf sie einzuprügeln, dann wäre er jetzt hinter Gittern. Aber wie gesagt, ich war wie gelähmt.«

Als Ronnie fertig war, fühlte er sich emotional so ausgelaugt, als habe ihn ein gewaltiger Sturm erfasst und durchgeschüttelt. So sehr hatte ihn die Erinnerung an den vergangenen Abend aufgewühlt. Aber er musste zugeben, dass es ihm eine gewisse Erleichterung verschaffte, Sarah davon erzählen zu können.

Sarah schwieg und blickte Ronnie mit traurigen Augen an. Er las aus ihrem Blick, dass sie nicht wusste, wie sie sich verhalten sollte, und ehrlich gesagt, erwartete er auch nicht, dass sie irgendetwas sagte. Seine Mutter lag mit Rippenbrüchen und einer Gehirnerschütterung im Krankenhaus, während Rick immer noch frei herumspazierte.

Keine noch so tröstlichen Worte konnten etwas an dieser Tatsache ändern.

»Hast du mit deiner Mutter gesprochen?«, fragte Sarah schließlich. »Hast du versucht, sie dazu zu bringen, Anzeige gegen Rick zu erstatten?«

»Ja, ich habe mit ihr gesprochen, bevor der Polizist das Krankenhaus verlassen hat. Er dachte, vielleicht könnte ich sie zur Vernunft bringen. Zuerst habe ich es mit Mitgefühl versucht und ihr gesagt, sie müsse der

Polizei mitteilen, dass Rick sie zusammengeschlagen hat, damit sie verhindern könnten, dass er das wieder macht. Sie weigerte sich, wollte mir aber nicht sagen, warum. Da bin ich wütend geworden. Ich sagte ihr, wenn sie nichts unternimmt, würde Rick es wieder tun, nur dass sie beim nächsten Mal vielleicht tot sein würde. Sie wollte trotzdem nicht. Dann habe ich es aufgegeben. Bevor der Polizist ging, sagte er mir noch, vielleicht würde sie es sich in ein paar Tagen anders überlegen.«

»Es tut mir so leid, Ronnie. Wie der Polizist gesagt hat, vielleicht wird deine Mom …«

»Wird sie nicht«, unterbrach Ronnie. »Ich weiß es, ich spüre es, Sarah. Mom hat viel zu große Angst vor Rick. Er hat die letzte Widerstandskraft, die sie vielleicht noch hatte, aus ihr herausgeprügelt.«

Sarah änderte das Thema, denn sie wollte Ronnie nicht weiter bedrängen. »Wo wohnst du, solange sie im Krankenhaus ist? Und wie lange muss sie dort bleiben?«

»Das wissen sie noch nicht. Es hieß, mindestens ein paar Tage. Tante Ruth sagte, ich könne zu ihr kommen. Ich hoffe, es dauert nicht zu lange, denn in ihrem Haus riecht es so muffig nach alten Leuten.«

Sarah lachte und gab Ronnie einen scherzhaften Klaps auf den Arm. »Du bist aber gemein!«

Ihr Lachen trug dazu bei, die große Anspannung zu lösen, die beide empfunden hatten, seit Ronnie begonnen hatte, seine Geschichte zu erzählen – eine Anspannung, die Ronnie so überwältigt hatte, dass es ihm fast die Kehle zuschnürte.

»Warum bist du heute überhaupt gekommen? Du hättest bei deiner Mutter bleiben sollen. Das Ganze ist doch erst gestern passiert.«

»Ich durfte heute Nacht in ihrem Krankenzimmer übernachten. Sie hat bis heute Morgen um zehn Uhr geschlafen und war anschließend wacher als gestern, aber sie sieht schlimm aus. Nach einer Weile fragte sie mich, warum ich nicht im Pumpkin House wäre. Ich sagte ihr, ich würde heute nicht hingehen, aber sie sagte, das sei Unsinn, und versuchte mich davon zu überzeugen, dass sie schon allein zurechtkäme. Ich wollte bei ihr bleiben, aber sie ließ nicht locker. Also bin ich hergekommen. Außerdem lenken mich diese Kürbislaternen ab, zumindest für ein paar Stunden.«

»Bist du dir sicher, dass du es schaffst, heute zu arbeiten?«

»Klar«, antwortete Ronnie und griff nach der Liste. Er wollte gleich anfangen, um an etwas anderes zu denken. Er fühlte sich, als gebe es seit Tagen kein anderes Thema mehr als häusliche Gewalt.

Die folgenden Stunden arbeiteten sie etwas träge an den restlichen vierzig Kürbislaternen. Keiner von beiden hatte es eilig, mit der Arbeit fertig zu werden. Schließlich gelangten sie zum Buchstaben *P*. Nun blieben nicht mehr viele Kürbislaternen für den nächsten Tag übrig.

Obwohl Mr. Keenan das Pumpkin House erst am folgenden Tag, dem Tag vor Halloween, offiziell eröffnen würde, hatten sich schon einige Menschen versammelt, um einen Blick auf die ausgestellten Jack-o'-lanterns zu werfen. Mr. Keenan war es egal. Solange alle 853 Kürbislaternen, die die guten Seelen von Smith's Grove vor Old Notch-foot schützen sollten, bis Mitternacht in der Halloween-Nacht beschriftet und beleuchtet draußen standen, war er zufrieden.

Nachdem sie ihre Arbeit beendet hatten, schwang sich Ronnie aufs Fahrrad. Er hatte es eilig, ins Krankenhaus zu kommen und zu sehen, wie es seiner Mutter ging. Sarah starrte ihm hinterher, bis er aus ihrem Sichtfeld verschwunden war. Sie machte sich nicht nur Sorgen wegen Ronnies Mutter, sondern auch darüber, was Ronnie mit Rick vorhatte.

TEIL SECHS:

30. OKTOBER, DER TAG VOR HALLOWEEN

Ronnie stand vor dem Pumpkin House.

Das Licht, das aus den Kürbislaternen drang, tauchte den gesamten Vorgarten und die Hausfront in ein warmes, glutrot-oranges Dämmerlicht, das an einen dramatischen Sonnenuntergang erinnerte, obwohl es tiefe Nacht war. Ronnie blickte auf seine Uhr. Es war fast zehn. Die Autokolonnen mit den neugierigen Menschen, die sich am Pumpkin House vorbeigeschoben hatten, um das Spektakel der vielen Hundert Kürbislaternen zu erleben, hatten sich eine Stunde zuvor allmählich aufgelöst. Ronnie blieb in seinem Versteck im Wäldchen neben der Straße. Er wartete, dass Mr. Keenan zu Bett gehen würde und wollte sichergehen, dass niemand vorbeikam.

Fünf Minuten zuvor waren sämtliche Lichter im Haus erloschen.

Während Ronnie in seinem Versteck ausharrte und seinen Blick über die vielen Reihen an Kürbislaternen schweifen ließ, dachte er zurück an die Ereignisse des Tages.

Am Morgen waren nur noch sechzig Kürbislaternen übrig gewesen, die Sarah und er an ihrem letzten Arbeitstag beschriften mussten. Als Ronnie Ricks Name vorlas, ließ er beinahe die Listen fallen. Seine und Sarahs Blicke trafen sich kurz, und über Sarahs Gesicht huschte ein seltsamer Ausdruck, bevor sie Ricks Namen auf eine Kürbislaterne schrieb. So als ob sie von ihm insgeheim die Zustimmung erhoffte, den Namen wegzulassen. Aber er hielt sie nicht davon ab.

Im Rückblick hätte er vielleicht etwas sagen sollen. Es hätte Ronnies Vorhaben leichter gemacht, weil er dann nicht das Risiko hätte eingehen müssen, erwischt zu werden. So wie jetzt. Aber das hätte Sarah in das, was er vorhatte, mit hineingezogen. Und Ronnie wollte ihr das nicht antun.

Beide blieben noch, nachdem sie fertig waren, und halfen bei der Aufstellung der restlichen Kürbislaternen. Ronnie stellte sicher, dass er es war, der Ricks Jack-o'-lantern an ihren Platz stellte. Seit Sarah ihm diesen Blick zugeworfen hatte, als sie Ricks Namen schrieb, nahm dieser geradezu fantastische Plan in seinem Kopf Gestalt an, wie ein letzter verzweifelter Versuch, und er wollte ganz sicher sein, wo Ricks Laterne stand.

Ronnie schob die Gedanken an die gestrigen Vorfälle zur Seite. Er starrte auf die Kürbislaterne, die Ricks »gute« Seele vor Old Notch-foot schützen sollte. Mit ihrer grob geschnitzten Grimasse sah sie genauso aus wie alle anderen Laternen. Aber je länger Ronnie sie anstarrte, desto mehr hatte er das Gefühl, das fröhliche Grinsen weiche aus der geschnitzten Grimasse und verzerre sich zur bösartig grinsenden Fratze eines Ungeheuers.

Ronnie erschauerte, als ein kaltes, unangenehmes Gefühl langsam seine Wirbelsäule hochkroch, ein Gefühl, das sich wie eine Schlange um jeden einzelnen seiner

Wirbel schlang. Für einen kurzen Augenblick fragte er sich, ob er womöglich den Verstand verlieren würde und wegen Ricks Verbrechen einen Nervenzusammenbruch erlitt – nicht nur, weil er das Gefühl hatte, die geschnitzten Grimassen der Kürbislaterne würden sich zu grausigen Fratzen verzerren, was allein schon unheimlich genug war, sondern auch weil er sich fragte, warum er sich überhaupt im Wald versteckte und was er eigentlich vorhatte.

Ronnie war sich immer noch nicht sicher, ob er Mr. Keenans Geschichten über Old Notch-foot für bare Münze nehmen sollte oder nicht. Die ganze Woche hatte er mit sich über diese Frage gerungen. Sarah glaubte sie jedenfalls.

Aus irgendeinem Grund genügte das für ihn, nun da er zusammengekauert in seinem dunklen Versteck ausharrte. Das Wissen, dass Sarah an Old Notch-foot glaubte, hatte seine Zweifel zerstreut und seine Entschlusskraft gestärkt.

Außerdem gab es nichts, was er sonst hätte tun können, um Rick für das, was er seiner Mutter angetan hatte, bezahlen zu lassen. Seine Mutter war jedenfalls nicht bereit, ihn anzuzeigen.

Sein Plan war vermutlich reines Wunschdenken, aber er war seine einzige Chance.

Ronnie holte tief Luft und erhob sich langsam. Dann blickte er ein letztes Mal zum Farmhaus hinüber, um ganz sicherzugehen, dass Mr. Keenan nicht aus dem Fenster sah oder auf der Veranda vor seinem Haus stand und Pfeife rauchte.

Die Luft war rein.

Ronnie lief zu Ricks Kürbislaterne, duckte sich und sah sich verstohlen um, ob ihn auch niemand beobachtete.

Er war allein.

Nachdem er die kleine batteriebetriebene Lampe aus der Kürbislaterne entfernt hatte, nahm er den ausgehöhlten Kürbis und rannte zurück zur Straße. Dann sah er sich kurz um.

Er konnte weit und breit niemanden entdecken.

Dann drehte er den Kürbis um und las den Namen, der auf dem Boden stand.

RICK WILLIAMS.

Ronnie grinste und eilte zu seinem Fahrrad.

Er wusste, dass es verrückt war, aber irgendwie spürte er, dass von Ricks Laterne eine Bösartigkeit ausging, die sich über seinen Körper ausbreitete und in die Poren seiner Haut drang.

Ronnie sprang auf sein Fahrrad, presste den Kürbis mit der linken Hand fest an seine Brust und trat kräftig in die Pedale.

***

Als Ronnie in der Entfernung das Pfeifen der Eisenbahn hörte, blickte er auf. Er saß auf dem Boden, ungefähr einen Meter von den Bahngleisen entfernt, und dachte über eine Geschichte nach, die ihm sein Vater erzählt hatte, als er noch ein kleiner Junge war – eine der wenigen klaren Erinnerungen, die er an seinen Vater hatte.

Als sein Vater ungefähr neun oder zehn Jahre alt war, ging er mit seinem Vater – Ronnies Großvater – zu den Bahngleisen. Sie hatten Penny-Münzen auf die Gleise gelegt und warteten darauf, dass der Zug sie plattfahren würde. Danach sammelten sie die papierflachen Geldstücke wieder ein.

Es war kein aufregendes Abenteuer, aber es war einer dieser kleinen gemeinsamen Momente zwischen Vater und Sohn, die er, Ronnie, niemals erleben würde. Sein Vater hatte ihm immer versprochen, eines Tages, wenn er älter sei, werde er mit ihm ebenfalls zu den Bahngleisen gehen und Pennys plattfahren lassen. Aber dazu kam es nie.

Irgendwann war sein Vater einfach aus seinem Leben verschwunden.

Ronnie starrte auf seine Hand, in der er eine der platten Penny-Münzen aus jenen Tagen hielt – das Zeugnis eines gemeinsamen Moments zwischen seinem Vater und seinem Großvater.

Während er mit seinem Daumen über die glatte, plattgepresste Oberfläche des Pennys fuhr, hörte er erneut das Pfeifsignal des herannahenden Zuges. Er blickte auf und sah, dass er nur noch rund 300 Meter entfernt war. Ronnie stand auf und trat zurück.

Als der Zug näherkam, konzentrierte Ronnie seine gesamte Aufmerksamkeit auf die in den Kürbis geschnitzte Grimasse. Wieder begann sie sich zu verändern. Diesmal verwandelte sie sich jedoch in Ricks Gesicht, das ihn mit einem verächtlichen Grinsen anblickte, um ihm zu sagen, er könne nichts gegen die Misshandlung seiner Mutter ausrichten.

Ronnie quollen Tränen aus den Augen, aber er wusste nicht, ob es Tränen der Angst oder der Verzweiflung waren.

»Du Bastard!« Sein Schrei hallte durch die ausgestorbene Straße. Dann spuckte Ronnie auf die Kürbislaterne und hinterließ einen großen Schleimfleck auf der geschnitzten Grimasse, bevor der Zug über sie hinwegrollte.

Im rhythmischen Rattern der Räder, von dem etwas Hypnotisierendes ausging, rollte der Zug mit ungefähr fünfundzwanzig Meilen Geschwindigkeit an ihm vorbei. Ronnie starrte auf die vorbeiziehenden Waggons, deren Fenster zum Teil mit Graffiti besprüht waren. Einiges konnte er entziffern, das meiste waren jedoch vorbeirauschende Hieroglyphen aus bizarr geschwungenen Buchstaben oder unverständlichen Satzfetzen.

Nach ungefähr drei Minuten war der Zug verschwunden und von der Jack-o'-lantern war nichts als eine orange-rote Masse aus zerquetschtem Kürbisfleisch übrig, die über die Gleise verschmiert war.

Bei der Vorstellung, die zermatschte, tropfende Masse sei Ricks zermalmter Körper, dessen abgerissene Gliedmaßen und Gedärme leblos über die Gleise hingen, musste Ronnie unwillkürlich lächeln.

In der Tiefe seines Herzens verspürte er den brennenden Wunsch, Old Notch-foot möge wirklich existieren und Rick mit Höllenqualen für das bestrafen, was er getan hatte.

Ronnie hob sein Fahrrad auf und warf einen letzten Blick auf die kläglichen Überreste der zerquetschten Kürbislaterne.

»Gott, ich hoffe, du bekommst, was du verdienst.«

TEIL SIEBEN:

31. OKTOBER, HALLOWEEN-NACHT

Ronnie hatte sich im Schatten versteckt und wartete, wobei er sich immer wieder mal sporadisch umsah. Seit mehr als zwei Stunden saß er nun auf der anderen Straßenseite gegenüber der Bar »The Drinking Well«. Die Gruppen verkleideter Kinder, die »Süßes« bekamen oder »Saures« austeilten, hatten sich bereits vor einiger Zeit zurückgezogen; ihre ungezügelte Gier nach Süßigkeiten hatte um acht Uhr abends offiziell geendet. Allmählich machte sich die nächtliche Kälte breit, aber so sehr sich Ronnie auch nach der behaglichen Wärme eines beheizten Zimmers sehnte, war er fest entschlossen, seinen Plan zu Ende zu bringen.

Ronnie wusste, dass Rick an Halloween einen draufmachen würde. Er ließ keine Gelegenheit aus, um sich zu betrinken. Halloween war für einen Säufer wie Rick ein willkommener Anlass, auch wenn er sich nicht verkleidete, wie die meisten Feiernden. Ronnie war sich zudem sicher, dass Rick nicht das Risiko eingehen würde, mit dem Auto zu fahren. Die Polizei beobachtete ihn mit Argusaugen, bereit, den geringsten Anlass für eine Festnahme zu nutzen, da Ronnies Mutter viel zu große Angst vor ihm hatte, um ihn anzuzeigen. Ronnie wusste das, und Rick war offensichtlich nicht so dumm, diese Tatsache zu ignorieren.

Ronnie war Rick gefolgt, seitdem dieser gegen neun Uhr abends das Haus verlassen hatte. Dabei hatte er sich vergewissert, dass er stets einen gewissen Sicherheitsabstand einhielt, um nicht aufzufallen. Rick war die drei Häuserblocks bis zur Bar gelaufen und war seitdem nicht mehr herausgekommen. Ronnie stellte sich vor, wie er Bier in sich hineinschüttete, mit seinen Kumpels herumalberte und mit der Kellnerin flirtete, als könne er keiner Fliege etwas zu Leide tun, während seine Mutter nach wie vor im Bett lag und sich von ihren schweren Misshandlungen erholte.

Aber vielleicht, nur vielleicht, würde Rick diesmal für seine Gräueltaten bezahlen müssen.

Diese Aussicht war jedoch nichts weiter als eine vage Hoffnung – der kindliche Wunsch, dass die Geschichte über ein rachsüchtiges Ungeheuer wahr sei.

Ronnie blickte auf seine Uhr. Es war fast elf Uhr nachts.

Er bezweifelte, dass Rick irgendetwas zustoßen würde, aber falls doch, hatte Old Notch-foot noch eine Stunde Zeit. Doch selbst wenn das Monster nicht auftauchen sollte, war Ronnie wild entschlossen, Rache an Rick zu üben.

Ronnie ließ seine Hand in die Hosentasche gleiten. Seine Fingerspitzen strichen über das Messer und gaben ihm ein beruhigendes Gefühl. Seine Mutter hatte ihm das Messer einst geschenkt und gesagt, es habe seinem Vater gehört, der es wiederum von seinem Vater, Ronnies Großvater, geschenkt bekommen habe. Ronnie wusste nicht, ob das Messer wirklich seinem Vater gehört hatte, oder ob seine Mutter das »Erbstück« bei Wal-Mart erstanden hatte, um es ihm zu schenken.

Falls sich Old Notch-foot als reine Ausgeburt der blühenden Fantasie eines alten Mannes erweisen sollte, würde es ihm jedenfalls gute Dienste leisten.

Eine halbe Stunde später tat Ronnie einen Schritt zurück in den schützenden Schatten, als sich die Tür der Bar öffnete und Rick hinausstolperte und seinen Freunden mit lauter Stimme einen lallenden Abschiedsgruß zurief. Draußen auf der Straße blieb er einen Moment lang stehen und sah sich nach allen Seiten um, als wolle er sich vergewissern, dass die Polizei ihm nicht auflauerte, oder weil er nicht genau wusste, wohin er als Nächstes gehen sollte.

Da er offensichtlich betrunken war, war vermutlich Letzteres der Fall.

Schließlich bog Rick nach rechts in die Chestnut Street ein, wobei er sich sichtlich bemühte, seinen schwankenden Gang zu kontrollieren.

Ronnie wartete, bis Rick ungefähr einen Häuserblock zurückgelegt hatte, bis er ihm folgte. Vorsichtig schlich er mit seinem Fahrrad in der Dunkelheit hinter ihm her, stets darauf bedacht, dass Rick ihn nicht aus den Augenwinkeln seiner alkoholgetrübten Sicht wahrnehmen würde.

Nach drei Häuserblocks blieb Rick an der Kreuzung zwischen Chestnut Street und Boyd Avenue stehen. Sein Haus lag zur Rechten, einen Häuserblock entfernt in der

Boyd Avenue. Ronnie nahm an, Rick würde nach Hause gehen, aber stattdessen sah er, wie Rick nach links in Richtung der Bahngleise stierte.

Er folgte Ricks Blick. Dann lauschte er angestrengt und nahm die schwachen Geräusche abgerissener Musikfetzen wahr, die aus der Bar »The Rail« jenseits der Bahngleise herüberschwappten.

»The Rail« war zweifellos die schmierigste, schummerigste und gottverlassenste Spelunke der Stadt. Aber heute Nacht schien dort eine ausgelassene Feier stattzufinden, und die Geräuschkulisse schien aufregend genug, um Ricks Neugier zu wecken.

Rick hielt mitten auf der Straße an, die zu den Gleisen führte. Er sah in beide Richtungen, um sich zu vergewissern, dass kein Zug herannahte. Die Gleise waren verlassen. Dann setzte Rick seinen schwankenden Gang fort, um sie zu überqueren und die feuchtfröhlichen Feierlichkeiten zu erreichen, die ihn in der Bar erwarteten.

Für einen kurzen Moment schoss Ronnie der Gedanke an den zermalmten Kürbis durch den Kopf. Er stellte sich vor, wie der Zug unaufhaltsam heranrollte und Ricks Körper zerquetschte, als Rache für die Misshandlung, die seine Mutter erlitten hatte – ausgelöst von Old Notch-foot.

Doch dann sah Ronnie, dass weit und breit kein Zug im Anmarsch war, und er erkannte, wie albern diese Vorstellung war.

Es gibt keinen verdammten Old Notch-foot, dachte er wütend und niedergeschlagen zugleich und ließ den Kopf hängen.

Er fand es schwer zu verstehen, dass Sarah so fest an Mr. Keenans Hirngespinste glaubte. Noch mehr überraschte ihn, dass er sie um ein Haar selbst geglaubt hätte. Er fühlte sich wie ein kleiner verträumter Junge, dem man soeben die Illusion geraubt hatte, es gebe einen Weihnachtsmann oder einen Osterhasen.

Ronnie hob seinen Kopf und begann Rick zu folgen, hielt aber inne, als er merkte, dass Rick nicht allein war. Irgendjemand stand vor ihm auf den Gleisen. Ronnie ließ sein Fahrrad fallen und huschte die Boyd Avenue entlang. Als ihn nur noch ungefähr fünfzig Meter von Rick trennten, ging er schnell hinter einem Baum in Deckung. Dort stand er mit dem Rücken an den Baum gelehnt und holte tief Luft, bevor er vorsichtig um die Ecke lugte.

»Wo has'n die coole Ve'klei'ung her, Mann?«, lallte Rick.

Ronnie ging in die Hocke, um besser sehen zu können. Er konnte die Verkleidung des Unbekannten kaum erkennen. Dann wagte er sich einen Schritt weiter vor, sodass er die Einzelheiten im Licht der Straßenlaterne besser erkennen konnte. Er musste zugeben, dass es das beeindruckendste Halloween-Kostüm war, das er je gesehen hatte.

Es war dunkel, hauteng und zeichnete mit anatomischer Genauigkeit jeden Muskel- und Faserstrang des Körpers nach. Ronnie fühlte sich an die Bilder erinnert, die die Lehrer in der Schule von ägyptischen Mumien gezeigt hatten, nachdem die Bandagen entfernt worden waren. Der Unbekannte trug Handschuhe, aus deren Fingerspitzen überlange, scharfe Krallen ragten. Die bis in die kleinste Faser definierte Muskelzeichnung des Kostüms in Kombination mit seiner massiven, überlebensgroßen Statur verliehen dem Unbekannten einen außerirdischen und zugleich grauenerregenden Anblick.

Seine Maske wirkte, als sei sie direkt einem blutrünstigen Monsterfilm entsprungen. Ronnie fühlte sich an eine Mischung aus »Pumpkinhead« und »Alien« erinnert.

Sie hatte die ovale Form eines überdimensionierten Footballs. Die untere Hälfte bestand fast ausschließlich aus einem klaffenden Maul mit langen, rasiermesserscharfen Zähnen, die sich in einer Reihe bis zu den äußersten Winkeln des Kiefers zogen. Die dämonisch blickenden Augen waren schwarz, hatten aber einen blutroten Widerschein, der je nach Lichteinfall kurz aufflackerte.

Offenbar hatte der Unbekannte *sehr viel* Geld ausgegeben, um sich ein derart professionelles Halloween-Kostüm zuzulegen, eines, das man nicht in jedem Geschäft bekam.

Der Unbekannte ignorierte Ricks Frage. Ronnie vermutete, dass er entweder selbst angetrunken war oder Rick einen gehörigen Schreck einjagen wollte.

Rick fand das jedoch alles andere als witzig. Er ballte seine Hände zu Fäusten und tat einen drohenden Schritt vorwärts. Ronnie sorgte sich, dass er mitansehen müsse, wie Rick den armen Halloween-Fan, der wahrscheinlich nichts anderes als ein harmloser Teenager war, der seinen Spaß haben wollte, nach allen Regeln der Kunst zu Brei schlug.

»Ich hab' dich was gefragt, Mann«, lallte Rick mit drohender Stimme. »Wo zur Hölle has'se das geile Kos'üm her?«

Der Unbekannte blieb stumm.

Selbst aus seinem Versteck hinter dem Baum konnte Ronnie spüren, wie die cholerische Wut in Rick hochkochte. Das konnte dem Unbekannten, der nur wenige Schritte von Rick entfernt stand, unmöglich entgangen sein.

Ronnie griff in seine Hosentasche und umklammerte den Messergriff. Für einen kurzen Augenblick erwog er, dem Unbekannten zu Hilfe zu eilen. Er konnte sich von hinten anschleichen und Rick das Messer in den Rücken rammen. Aber dann wurde ihm klar, dass das keine gute Idee war. Sobald er sich den Gleisen näherte, würde Rick selbst im angetrunkenen Zustand das Knirschen seiner Turnschuhe auf dem Kies wahrnehmen.

»Okay, du Arschloch. Ich frag dich nur noch ein Mal. Woher has'se …«

Mit einer blitzschnellen Bewegung packte der Unbekannte Rick an der Kehle. Rick verfiel in ein röchelndes Husten, als die dunkle Gestalt ihm mit seinem stählernen Klammergriff die Kehle zudrückte. Von Ricks Hals begann das Blut zu tropfen, während sich die scharfen Krallen in seine Haut gruben.

»Das gibt's doch nicht«, flüsterte Ronnie unwillkürlich, während er Zeuge dieser Mischung aus einem grauenhaften Albtraum und einem ersehnten Wunschtraum wurde.

Old Notch-foot hob Rick in die Luft. Ungläubig sah Ronnie, mit welcher Kraft das Ungeheuer Rick bei der Kehle packte und ihn hilflos baumeln ließ wie einen federleichten Strohhalm. Das Ungeheuer hielt Rick direkt vor seine Fratze mit den breiten Reihen rasiermesserscharfer Zähne, die seinen halben Kopf einnahmen. Ronnies Muskeln waren zum Zerreißen gespannt. Entsetzt und fasziniert zugleich wartete er darauf, dass Old Notch-foot mit einem gewaltigen Biss Ricks Kopf abreißen würde, so wie Ozzy Osbourne einst einer Fledermaus den Kopf abgebissen hatte.

Doch stattdessen schnupperte Old Notch-foot ein paar Mal an Rick und legte anschließend seinen Kopf von einer Seite zur anderen, so als studiere er sein Gesicht.

Das ist der Hurensohn, den du heute Nacht auslöschen wirst.

Ronnie musste sich mit aller Kraft zusammenreißen, um diesen Gedanken nicht laut herauszuschreien.

Zufrieden, dass er den Richtigen erwischt hatte, wandte sich Old Notch-foot um und bewegte sich auf die andere Seite der Bahngleise zu, wobei er Rick eine Armlänge von sich entfernt hinter sich her schleifte. Rick, der verzweifelt nach Luft schnappte, war dunkelrot angelaufen, aber bei Bewusstsein.

Nachdem Old Notch-foot die Gleise überquert hatte, warf er Rick auf den Boden und legte seinen Kopf auf das Gleis. Rick schlug und trat um sich, aber Old Notch-foot hielt seinen Kopf ungerührt und mit stählernem Griff gegen das Gleis gepresst.

Aus der Ferne ertönte das Pfeifen eines herannahenden Zuges – zwei lange Pfeiftöne, gefolgt von einem kurzen Tuten, auf das erneut ein langes Pfeifen folgte. Rick hörte schlagartig auf sich zu wehren und versuchte, einen Blick auf die Gleise zu erhaschen, auf denen sich bereits der Widerschein der Zugscheinwerfer spiegelte.

Ein zufriedenes Strahlen huschte über Ronnies Gesicht, als er sich Ricks Gesichtsausdruck und die nackte Todesangst in seinen Augen ausmalte.

In panischer Verzweiflung versuchte Rick, sich aufzubäumen und Old Notch-foots Klammergriff zu entkommen, während seine Augen mit irrem Blick zwischen dem stählernen Koloss, der auf ihn zudonnerte, und dem Ungeheuer hin- und herwanderten, das ihn in sein unausweichliches Schicksal zwang.

Als der Zug nur noch gut hundert Meter entfernt war, gab Rick seinen ebenso verzweifelten wie vergeblichen Kampf auf und stieß einen markerschütternden Todesschrei aus. Noch nie hatte Ronnie einen solchen Schrei vernommen – ein geradezu unmenschliches, von unvorstellbarem Grauen erfülltes Geheul. Dennoch verspürte er Freude.

Offenbar empfand Old Notch-foot Ricks Todesschreie auf ähnliche Weise, denn er stieß ein befriedigtes und zugleich blutrünstiges Lachen aus, das Ronnie bei aller heimlichen Freude die Nackenhaare aufstellte.

Plötzlich vernahm er eine innere Stimme, und ihm wurde augenblicklich klar, dass die Worte Rick galten, in dessen Kopf zweifellos dieselben Worte widerhallten. Old Notch-foots Stimme klang wie eine Mischung aus dem schrillen Kratzen von Fingernägeln auf einer Schiefertafel und dem blechernen Scheppern einer Schaufel, die auf Zement stößt. Ronnie gerann das Blut in den Adern und er bekam eine Gänsehaut.

Wisse, warum du stirbst.

Vor Ronnies geistigem Auge flackerten die Bilder auf, wie Rick seine Mutter zusammenschlug. Instinktiv schloss er die Augen, um sie nicht sehen zu müssen. Doch selbst im schützenden Dunkel hinter seinen geschlossenen Augenlidern setzten sich die schrecklichen Szenen fort. Obwohl er sie kaum ertragen konnte, war er grimmig entschlossen, sie auszuhalten, weil er wusste, welche Wirkung sie auf Rick hatten.

Dann ertönte ein erneutes Pfeifen – ein langgezogener schriller Signalton, der die drohende Gefahr anzeigte. Die Lokomotive war nur noch wenige Meter entfernt. Old Notch-foot sah kurz zu Ronnie hinunter. Ihre Augen trafen sich für den Bruchteil einer Sekunde, bevor das Ungeheuer seinen Klammergriff löste und der Zug über Ricks Kopf hinwegrollte und ihn zu einer blutigen Masse zermalmte.

Zwischen den vorbeiratternden Waggons blitzten in regelmäßigen Abständen die Zwischenräume mit den Verbindungskupplungen auf. Ronnie fühlte sich an ein Daumenkino-Buch erinnert. Old Notch-foot erhob sich und bewegte sich langsam in die entgegengesetzte Richtung, bis er in das Dunkel der Nacht eintauchte und verschwand.

Ronnie blickte auf seine Uhr, um zu bestätigen, was er bereits wusste. Es war Mitternacht. Dann drehte er sich um und ging die Boyd Avenue zurück, um sein Fahrrad zu holen. Er verspürte nicht das geringste Bedürfnis zu warten, bis der lange Zug vorbeigefahren war, um zu sehen, was von Rick übrig war.

Für ihn zählte nur eins: Rick hatte für das, was er seiner Mutter angetan hatte, bezahlt.

***

In jener Nacht fand Ronnie keine Ruhe. Immer wieder verfiel er in einen Dämmerschlaf und die Bilder, wie Old Notch-foot Rick auf die Gleise presste, drängten sich in seine Träume. Jedes Mal schnellte er schweißgebadet hoch. Zu vorgerückter Stunde, als die träge, bleierne Nacht den frühen Morgenstunden wich, stiegen Schuldgefühle in ihm auf.

Er empfand keine Reue wegen Ricks Tod. Dieser Hurensohn hatte seine gerechte Strafe erhalten und für seine Verbrechen bezahlt.

Nein, Ronnie fühlte sich irgendwie schuldig gegenüber Mr. Keenan.

Am nächsten Morgen würde auf der Titelseite der Zeitung eine Schlagzeile in großen Lettern prangen und über Ricks Tod berichten. In Smith's Grove gab es für gewöhnlich keine besonderen Vorkommnisse. Die Ereignisse der Nacht würden sich sofort wie ein Lauffeuer verbreiten. Ronnie ging zwar davon aus, dass die Behörden Ricks Tod als Unfall oder vielleicht sogar als Selbstmord einstufen würden, aber Mr. Keenan würde die Wahrheit kennen.

Ronnie war sich dessen bewusst, dass Mr. Keenan ihn darauf ansprechen und von ihm eine Erklärung verlangen würde, warum er Old Notch-foot angerufen und Smith's Grove in Gefahr gebracht hatte. Ronnie vermutete, dass Mr. Keenan seine Gründe verstehen würde, aber er bezweifelte, dass sie zu seiner Rechtfertigung ausreichen würden.

Trotz seiner Schuldgefühle hatte Ronnie das Gefühl, er müsse Mr. Keenan erzählen, was er getan hatte. Er betrachtete den alten Mann inzwischen als einen guten Freund, der ihm genauso ans Herz gewachsen war, wie er Sarah ans Herz gewachsen war.

Also beschloss er, am nächsten Morgen als Erstes zu Mr. Keenans Haus zu gehen und ihm zu erzählen, was in der Nacht passiert war. Was auch immer die Konsequenzen sein mochten, Ronnie war bereit, sie zu akzeptieren.

***

Als Ronnie am folgenden Morgen mit seinem Fahrrad zum Pumpkin House fuhr, saß Mr. Keenan in seinem Schaukelstuhl auf der Veranda vor dem Haus. Sein alter Hund Rusty lag treu zu seinen Füßen und wedelte im trägen Einklang mit den rhythmischen Bewegungen des Schaukelstuhls mit dem Schwanz.

Ronnie fuhr die Einfahrt entlang und sah, dass Sarah ebenfalls auf der Veranda saß. Er war bereit gewesen, sich Mr. Keenan zu stellen und alle möglichen Konsequenzen in Kauf zu nehmen, aber er war nicht darauf vorbereitet, beide – Mr. Keenan und Sarah – zu sehen und ihnen von den nächtlichen Ereignissen zu berichten.

Ronnie legte sein Fahrrad auf den Boden und ging auf die Veranda zu. Die Kürbislaternen lagen noch immer über den Vorgarten verteilt wie Bonbonpapiere am Boden eines Trick-or-Treat-Beutels. Mr. Keenan hatte den Feiernden gesagt, die Müllabfuhr werde am Tag nach Halloween kommen und alles einsammeln.

Bevor Ronnie die Veranda erreichte, war ihm Sarah schon entgegengegangen. Sie zog ihn zur Seite. Ronnie blickte über die Schulter zu Mr. Keenan, als Sarah ihn hinter das Haus führte.

»Er hat auf dich gewartet«, flüsterte sie, sobald sie außer Reichweite waren. »Er weiß über Rick Bescheid.«

»Das habe ich mir gedacht. Er musste nur einen Blick in die Zeitung werfen. Da stand es in riesigen schwarzen Lettern.«

»Warst du das, Ronnie?«

»Was soll ich gewesen sein?«, fragte Ronnie mit Unschuldsmiene, und versuchte, Sarahs prüfendem Blick auszuweichen. Aber er wusste, dass es vergeblich war. Sarah durchschaute seine Fassade.

»Hast du irgendetwas mit Ricks Kürbislaterne gemacht?«

Widerwillig nickte Ronnie. Er fürchtete sich davor, was Sarah von ihm denken mochte.

»Hey«, flüsterte sie, nahm mit sanftem Griff sein Kinn in ihre Hände und hob seinen Kopf. »Es ist okay. Ich verstehe, warum du es getan hast. Ich hätte das Gleiche getan.«

Ronnie blickte Sarah tief in die Augen. In seinem Blick lag ein stummes Flehen, sie möge den Verdacht, der in ihm aufstieg, bestätigen oder zerstreuen – ein Verdacht, der sich, wie er nun bemerkte, an dem Tag, an dem sie ihm vom Tod ihres Vaters erzählt hatte, tief in ihn eingegraben hatte.

Sarah ließ sein Kinn los und starrte ihn einen Moment an, in dem Versuch, seinen Gesichtsausdruck zu deuten.

»Es stimmt.« In ihrer Stimme schwang keinerlei Reue mit. »Offiziell steht Herzinfarkt in Daves Totenschein, aber das stimmt nicht. Ich habe letztes Jahr etwas mit seiner Kürbislaterne gemacht, und Old Notch-foot hat ihn für all die Jahre, die er mir meine Kindheit gestohlen hat, bezahlen lassen.«

Zunächst war Ronnie schockiert, als Sarah laut aussprach, was er vermutet hatte. Aber dann sah er die Kraft in ihren Augen und erkannte, dass sie diesen Teil ihres Lebens an dem Tag begraben hatte, als sie eine Handvoll Erde auf Daves wohlverdientes Grab geworfen hatte.

Kurz überlegte er, ob er sie fragen sollte, auf welche Weise Old Notch-foot Rache an Dave genommen hatte, aber dann verwarf er den Gedanken. Er wusste nicht, warum er es wusste, aber sie würden noch viele Jahre der Freundschaft vor sich haben, und irgendwann würde Sarah ihm das alles erzählen.

»Weißt du was, Ronnie?«, fuhr Sarah fort. »Ich habe überhaupt keine Schuldgefühle wegen meiner Entscheidung. Ich habe es getan, weil es keinen anderen Ausweg gab und Dave es verdient hatte – genau wie Rick.«

»Ich habe auch keine Schuldgefühle wegen Rick. Wie du gesagt hast, er hat bekommen, was er verdient hat.« Ronnie hielt kurz inne, bevor er weitersprach. »Ich mache mir nur Sorgen, was Mr. Keenan sagen wird, wenn ich es ihm beichte. Ich werde ihn nicht belügen. Es würde auch nichts helfen, wenn ich versuchen würde, vor dem, was ich getan habe, wegzulaufen.«

»Da hast du recht.« Sarah legte ihm beruhigend die Hand auf den Arm und drückte ihn leicht. »Sprich mit Mr. Keenan.«

Ronnie ging zurück zur Vorderseite des Hauses und dachte darüber nach, dass ihn und Sarah ein weiteres besonderes Band einte, das aus ihren verzweifelten Taten im Pumpkin House entstanden war und durch Old Notchfoots Rolle als ihr persönlicher Rachegott gestärkt wurde.

Ronnie stapfte die kleine Treppe zur Veranda hoch und bahnte sich den Weg zum Schaukelstuhl, der neben Mr. Keenan stand. Wie ein bekennender Mörder, der vor den Richter tritt, um seine gerechte Strafe zu empfangen, hielt er den Blick fest auf den Boden gesenkt.

»Nun, Ronnie, Halloween ist vorbei«, sagte Mr. Keenan und brach die Stille zwischen ihnen. »Weißt du, was merkwürdig ist?«

»Was, Mr. Keenan?«

»Jedes Jahr zu Halloween mache ich mir Sorgen, dass Old Notch-foot eine gute Seele von Smith's Grove wegnimmt.« Mr. Keenan blickte auf die unzähligen Kürbislaternen in seinem Vorgarten, als spreche er zu ihnen und nicht zu Ronnie. »Ab und zu wird mir jedoch klar, dass Old Notch-foot die *richtige Seele* aus Smith's Grove herausgenommen hat.«

Ronnie warf Mr. Keenan einen verblüfften Blick zu. Er fragte sich, worauf der alte Mann hinauswollte. Er hatte ihm nie erzählt, was Rick seiner Mutter angetan hatte. Aber Smith's Grove war eine Kleinstadt, und Mr. Keenan konnte es von irgendjemand gehört haben, vor allem, nachdem Rick seine Mutter krankenhausreif geschlagen hatte.

Mr. Keenans ausdruckslose Miene verriet mit keiner Regung, ob er von Ricks Misshandlungen wusste. Während er seinen Blick auf die Kürbisse in seinem Vorgarten gerichtet hielt, rieb er den knorrigen alten Stock mit seiner ebenso knorrigen alten Hand.

»Die richtige Seele?«, fragte Ronnie schließlich. »Was meinen Sie damit?«

»Rick ist tot, nicht wahr?«

Ronnie nickte stumm.

»Sein Kopf wurde von einem Zug zerquetscht wie ein Kürbis – eine ziemlich hässliche und ungewöhnliche Art zu sterben, findest du nicht? Ich nehme an, dass die

Polizei davon ausgeht, dass er betrunken war und von einem Zug überrascht wurde, als er von der Bar auf dem Nachhauseweg war. Aber auch wenn es ein schlimmer Tod war, hat Rick ihn doch verdient, findest du nicht?«

»Was genau wissen Sie über Rick?«

Falls Mr. Keenan wusste oder auch nur vermutete, was er getan hatte, Ronnie wünschte sich nur, er würde es ausspucken, anstatt die Ereignisse wie eine seiner Geschichten aussehen zu lassen.

»Ich weiß, dass selbst in einer Kleinstadt wie Smith's Grove gelegentlich Ungeheuer hinter den Gesichtern der Menschen schlummern, denen wir tagtäglich begegnen.« Ronnie fiel auf, dass Mr. Keenan seiner Frage auswich und in demselben geheimnisvollen Ton weitersprach. »Manchmal, wenn die Umstände günstig sind, werden diese Ungeheuer vernichtet.«

»Welche Ungeheuer gibt es in Smith's Grove, Mr. Keenan?«

»Einige würden vielleicht sagen, Old Notch-foot sei ein Ungeheuer, falls sie wüssten, dass er existiert.«

Ronnie dachte kurz darüber nach, konnte sich aber nicht entscheiden. »Ist Old Notch-foot ein Ungeheuer?«

»Ich glaube, man könnte ihn als ein Ungeheuer bezeichnen, oder vielleicht als einen Dämon. Doch selbst die besten Menschen tragen einen Dämon in sich. Wer kann also schon mit Sicherheit sagen, ein ›Dämon‹ oder ein ›Ungeheuer‹ sei zwangsläufig böse?«

Mr. Keenan machte eine kurze Pause, um zu sehen, ob Ronnie etwas fragen wollte, bevor er fortfuhr. »Wie ich schon gesagt habe, gibt es alle möglichen Ungeheuer, selbst in Smith's Grove. Die Welt ist kein schöner Ort und sie ist voll von sehr schlechten Menschen. Manchmal ist das Ungeheuer ein Vater, der seine eigene Tochter missbraucht, so wie unsere liebe, geschätzte Sarah.«

Ronnie war schockiert, dass Mr. Keenan über Sarah und ihren Vater Bescheid wusste und derart offen darüber sprach. Mr. Keenan konnte nicht wissen, dass Ronnie es auch wusste; er musste davon ausgehen, dass Sarah es ihm auch nicht erzählen wollte.

Ronnie wollte gerade ansetzen und seine Meinung zu diesem Thema kundtun, als Mr. Keenan ihm das Wort abschnitt.

»Und manchmal«, sagte er und blickte Ronnie in die Augen, »ist das Ungeheuer ein Mann, der die Mutter eines Jungen nach jahrelanger Misshandlung krankenhausreif schlägt.«

Ronnie war sprachlos. Wollte Mr. Keenan ihm etwa zu verstehen geben, dass er ihn verstand? Oder wollte er damit ausdrücken, dass er sein Vorgehen guthieß? Ronnie spürte, wie sich sein Magen umdrehte und verhärtete.

Mr. Keenan warf Ronnie ein mattes Lächeln zu, bevor er den Kopf senkte und auf seinen Stock starrte, den er unaufhörlich mit dem Daumen rieb. Auch Ronnie konzentrierte seine Aufmerksamkeit auf den knorrigen, verkratzten Stock und Mr. Keenans knotige alte Hand. Er wagte nicht, dem alten Mann ins Gesicht zu blicken, während er darauf wartete, dass er ihm die Frage beantworten würde, die ihm auf der Zunge brannte.

»Ronnie, Old Notch-foot ist kein Ungeheuer. Ungeheuer sind diejenigen, die sich an wehrlosen Menschen vergreifen. Sie sind diejenigen, die den Menschen, denen es nicht gelingt, sie zu vertreiben, Schlimmes antun. Das Pumpkin House beschützt die guten Seelen von Smith's Grove, aber ab und zu, wenn ein Ungeheuer in Smith's Grove sein Unwesen treibt, findet Old Notch-foot einen Weg, es zu vernichten.«

Ronnie starrte Mr. Keenan ungläubig an, während sich Mr. Keenans Daumennagel langsam zu verändern begann. Er wurde plötzlich länger und veränderte seine Farbe. Nach wenigen Sekunden hatte er sich in eine rasiermesserscharfe, schwarze Kralle verwandelt. Gebannt sah Ronnie zu, wie die Daumenkralle über den Holzstock kratzte und in eine knotige Wurzelstelle eine Kerbe von gut zweieinhalb Zentimetern ritzte. Zum ersten Mal bemerkte Ronnie, dass der Stock mit ungefähr zwanzig solcher Kerben übersät war, die einem zufälligen Betrachter wie normale Gebrauchsspuren eines abgenutzten alten Gehstocks erschienen wären. Nachdem die Daumenkralle die Kerbe eingeritzt hatte, verwandelte sie sich wieder in den schmutzigen, von Kürbisschalen gelblich verfärbten Daumennagel, der Sekunden zuvor noch über den Stock gestrichen hatte.

Ronnie zwang sich, Mr. Keenan anzusehen. Der alte Mann lächelte ihn an. Sein Lächeln war aber weder bedrohlich noch bösartig; vielmehr war es ein mitfühlendes, verständnisvolles Lächeln.

»Old Notch-foot findet es immer heraus, Ronnie. Jedes Jahr lässt irgendjemand Old Notch-foot wissen, wer die wirklich schlechten Menschen sind – die Ungeheuer, die Smith's Grove unsicher machen. Jemand zeigt ihm diese Person, und dann kümmert er sich um dieses Ungeheuer. So wie er mir half, Rache an Thomas Levi zu nehmen, für das, was er meiner geliebten Malinda angetan hatte, so wird Old Notch-foot, dieser Rachegeist, den ich vor vielen Jahren anrief und der seitdem ein Teil von mir ist, stets diejenigen rächen, denen großes Unrecht angetan wurde.« Mr. Keenan legte eine Hand auf Ronnies Schulter. »Aber das wird unser kleines Geheimnis bleiben, so wie bei den anderen.«

Ronnie erwiderte sein Lächeln und nickte zustimmend.

NACHWORT

In Kenova, West Virginia, ist das Haus an der 748 Beech Street im Verlauf der Jahre als »The Pumpkin House« bekannt geworden. Jedes Jahr zu Halloween dekorieren Ric Griffith, der Eigentümer, und freiwillige Helfer sein Haus mit mehr als 3000 »Jack-o'-lanterns«.

Das Pumpkin House in diesem Buch wurde zwar von dem echten Pumpkin House inspiriert, hat aber nichts mit ihm zu tun, und das gilt auch für die Personen, die in diesem Buch vorkommen.

Falls Sie jemals zur Halloween-Zeit nach Kenova kommen, machen sie Halt an der 746 Beech Street und sehen Sie sich das Haus an. Es ist ein beeindruckender Anblick.

ÜBER DEN AUTOR

Chad P. Brown ist in Huntington, West Virginia, aufgewachsen. Als er seine Kindheitsängste vor Spukhäusern, Clowns und Gruselaffen überwunden hatte – zugegeben, diese Affen mit mit den zwei zusammenschlagenden Metallscheiben gruseln ihn noch immer ein bisschen –, entdeckte er seine Liebe fürs Schreiben und seine Leidenschaft für makabre und unheimliche Geschichten. 2011 veröffentlichte er seinen ersten Roman, *The Jack-in-the-box*, es folgten weitere Romane und Kurzgeschichten, die unter anderem in *SPIDERS*, *Gothic Blue Book Vol. 2 – Revenge Edition* und *Fifty Shades of Decay* veröffentlicht wurden.

Chad P. Brown ist Mitglied der amerikanischen Horror Writers Association.

SCREAM TIME PUBLISHING

»Das älteste und stärkste Gefühl ist Angst, die älteste und stärkste Form der Angst ist die Angst vor dem Unbekannten.«

H. P. Lovecraft

Und genau diese Angst steht im Zentrum von
Scream Time Publishing, denn
Scream Time Publishing ist Horror vom Feinsten!

Scream Time Publishing bietet Neuentdeckungen und Klassiker der Horrorliteratur: rätselhafte Mordfälle, verborgene Orte, Dämonen, Monster, Wiedergänger, übernatürliche Begebenheiten, Slasher, Stalker, Serienkiller und vieles mehr, das Ihnen kalte Schauer über den Rücken laufen lässt!

Scream Time Publishing steht für ein besonderes Lesevergnügen und starke Bücher, die nichts für schwache Nerven sind – mal klassisch, mal modern, mit neuen Stimmen und talentierten Autoren.

Wir nehmen Sie mit auf eine Horror-Lesereise,
die Sie nie wieder vergessen!

Ihr Scream-Time-Publishing-Team

Folgen Sie uns auf Instagram:
@screamtime_publishing

COMING SOON BEI SCREAM TIME PUBLISHING

Underwood
Ein Weg rein, kein Weg raus
von Colin Griffiths

Die letzten Tage der Leda Grey
von Essie Fox